浙江文化艺术发展基金资助项目

U0679490

独上高楼

唐兰新传

鲍志华 著

ZHEJIANG UNIVERSITY PRESS
浙江大学出版社
·杭州·

图书在版编目（CIP）数据

独上高楼：唐兰新传 / 鲍志华著. -- 杭州：浙江
大学出版社，2022.8
ISBN 978-7-308-22928-9

Ⅰ．①独… Ⅱ．①鲍… Ⅲ．①传记文学－中国－
当代 Ⅳ．①I25

中国版本图书馆CIP数据核字(2022)第149080号

独上高楼——唐兰新传

鲍志华　著

策划编辑	宋旭华	
责任编辑	周烨楠　吴　庆	
责任校对	韦丽娟	
装帧设计	项梦怡	
出版发行	浙江大学出版社	
	（杭州市天目山路148号　　邮政编码　310007）	
	（网址：http://www.zjupress.com）	
排　　版	杭州林智广告有限公司	
印　　刷	广东虎彩云印刷有限公司绍兴分公司	
开　　本	880mm×1230mm　1/32	
印　　张	7.375	
字　　数	176千	
版 印 次	2022年8月第1版　2022年8月第1次印刷	
书　　号	ISBN 978-7-308-22928-9	
定　　价	58.00元	

唐兰（1901—1979）

唐兰墨宝：世上无难事，只要肯登攀

唐兰与夫人张晶筠

1955 年，于省吾赴长春任教前与
在京友人合影。前排左起：金毓黻、
唐复年、于省吾、顾颉刚；后排左
起：唐兰、陈梦家（"甲骨四老"在
此图片上只缺胡厚宣先生也）

1956 年，唐兰时任故宫博物院陈列部
主任，受文化部委派出访芬兰、瑞典等
国返京后与全家人合影

修缮一新的唐兰故居
（摄于 2022 年）

青年唐兰

《嘉兴档案史志》主编李持真（左）与唐兰之子唐益年（右）在嘉兴市爱国主义教育基地"嘉兴名人展"唐兰展板前合影（摄于2005年）

唐巽年（左）、本书作者（中）及唐益年（右）在"嘉兴名人展"唐兰展板前合影（摄于2005年）

嘉兴市政协文化和学习委周军
主任（左）、本书作者（中）
与故宫青年学者杨安先生（右）
在嘉兴市档案馆前合影（摄于
2017 年）

李持真（左）与杨安（中）、
本书作者（右）在"嘉兴名人
展"唐兰展板前合影（摄于
2017 年）

浙江大学朱首献副教授（左）与
本书作者（右）在浙江大学紫金
港校区合影（摄于 2020 年）

中国书法家协会会员、浙江著名书法家
张哲民先生敬题：国学大师唐兰

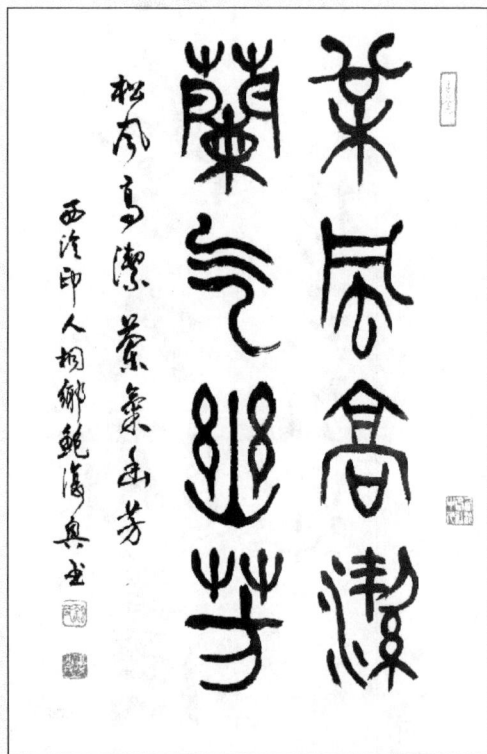

西泠印人、浙江博物馆原副馆长鲍复兴先生题：
松风高洁，兰气幽芳

序

　　鲍志华先生的《独上高楼——唐兰新传》即将付梓，嘱我作序。鲍先生年逾古稀，依然笔耕不辍，专注于历史文化名人的传记搜遗与写作，且不时有佳作呈现，他这种对文学的痴迷、痴情，让作为晚辈的我十分地敬仰和感动。事实上，无论从哪方面言，我都没有资格来作这篇序言。唐兰先生是我国现代学术史上开辟古文字学学科的一代宗师、学术泰斗，他对中国古文字学学科的开创及昌绪之功很少有人能出其右，复之以中国古文字学博大精深、门户幽邃，绝非等闲之辈可以窥其堂奥。不过，一方面因来自鲍先生的垂爱，另一方面我也确实深为他对文学的发自内心的专一之情所征服，大受他二十余年心无旁骛，爬梳文献，穷极史料，精锻细磨为唐兰先生树碑作传的精神和毅力所感召，乃斗胆作此序言，以不辜负鲍志华先生的厚爱，同时也为彰显、传播国学大师唐兰先生的学问人生尽一点绵薄之力。

　　众所周知，晚清以降，是中国近代历史上的大变局时代，也是中国现代思想与学术狂飙突进的时代。国势日薄、锋镝群起与人心勃勃、学术昂进交相辉映，共同筑就了近现代中国学术思想的高峰。在这种意义上，我们说唐兰先生既生不逢时却又生逢其时。说他生不逢时，是因为国运多舛，遍地荆棘，这注定着他前半生的负笈求学必然颠沛流离，绝少坦途，因此上，唐兰先生的脱颖而出，实在是一个历史奇迹；说他生逢其时，是因为他出生于一个大师云集的时代，一个"摧故锋而张新军"的时代，这个时代给予了他摘取古文字学研究桂冠的丰厚营养和全力提携。事实上，古今中外，没有一个学者能做到"背时代而为学"。唐兰先生同样如此，他的一生，是中国一代学人人生路程的缩影，也是我们窥探中国近现代学术史的一扇窗户。从这种意义上说，为唐兰先生作传记，不仅有着巨大的学术史意义，也有着重要的社会价值，通过唐兰先生的人生，我们足以窥视中国现代学术大师身上共有的民族气节、时代精神、人文品格和道德风范。鲍志华先生正是怀着这样的初衷，紧紧围绕上述主题，凭借其严谨的史料态度，对唐兰先生家世、人生轨迹、情感历程和学术道路了然于心的把握，以及对唐兰先生由衷的敬佩，成功地展现了唐先生一生为学、为学一生的"大先生"风范，为我们铸造了中国现代学术史上的一座高师巨鼎和精神的丰碑。

蔡元培在批评中国传统学术时指出，中国传统的学术是"一半断烂，一半庞杂"。所谓断烂是指堆砌材料，不成系统；所谓庞杂是指学科意识不明晰，学科边界混乱，学科独立性缺失。蔡先生全盘否定中国传统学术的持论未免偏激，但他指出的断烂、庞杂却是在中国传统学术中较为常见的存在，甚至至于近代也没有根本上的改观。唐兰先生所处的时代，正是一个中国传统学术需要革故鼎新的时代，他毕其一生主之最力的工作就是推动中国古文字学的科学化，他为文字学学科的发展殚精竭虑。唐兰先生的一生，是学术集结的一生。他的《古文字学导论》被盛誉为"研究古文字学的津梁"，《天壤阁甲骨文存并考释》被赞为每每"批驳众说""独申己见""治学精严"，他首创了甲骨文自然分类法等，均为中国古文字学的学科化做出了重大的学术贡献。古人谓文必有学，对于写作唐先生的传记来说，尤其恰切。但唐先生所涉这些学问，均极高深，绝非常人所能辨其门户，鲍志华先生在唐兰传记中却对唐先生的学术、学问娓娓道来，如数家珍，倘非做过刻苦的钻研，实不能为之，从这一点上说，鲍先生在写作唐兰传的过程中积学之厚，蔚然可观，非可等闲视之。因此上，在作品中，作者纵览史乘，参证材料，辨析心迹，笔力沉厚，善持文质之变，常论学术之策，如此等等，概为作品平添了不少学术的风采与魅力。

史与传相去不远也。作传如作史，史料很关键，务必务谨严，详考索。不重史料而作传，譬若操吴舟者强以越车。作品中，鲍先生对史料有着严谨的较真态度，不轻信、不盲从，广搜群籍，间下己意，考订是非，敢于质疑，例如作品对唐兰与赵一荻的恋情传闻，虽然始作俑者是唐兰先生之子，但鲍先生并没有轻易采信这一传闻，而是经过多方求证，基本上否定了这一传闻，其结论也是足以让人心服口服的。诸如此类的史料态度和传记细节反映出了鲍志华先生在写作唐兰传记上的较真、严谨，正是如此，作品成功地反映出了唐兰先生的真实的人生和学术风韵。

一个大师就是一种精神，唐兰先生不仅有着家国梦，而且有着世事心。他在嘉兴瘟疫期间，用自己的医术救治看不起病的百姓。他关注民生，有济世情怀，1948年在北大任教期间，他曾公开撰文呼吁国民政府当局重视京、津地区的粮食短缺问题，尤其是要保证劳动者每天一两斤面的粮食供应。他以亲眼所见日军的暴行公开揭露日本侵略者强盗行径，斥责日本侵略者是远东战争的祸根。凡此等等，均说明唐先生绝非一个深居书斋而不问世事的"纯学问家"，而是有着爱国情怀、民族大义的一代"大先生"，鲍先生在作品中以充满情感的笔调全面展现了唐兰先生的这种高尚的品质和拳拳赤子之心。

唐兰先生是浙江的一张金字文化招牌，擦亮这张金字文化招牌，是浙江作家的时代责任。鲍志华先生在古稀之年仍然勇于挑重担，为弘扬浙江文化精神老骥伏枥，此种文学之初心，足以让人感念。此外，唐兰先生并非如彼时的一些大师一样，有着深厚的家学渊源，而是完全靠着自己的勤奋与努力，成就一代之学问。作品真实生动地展示了唐先生如何从一个寒门学子，通过自己的不懈努力，最终成为一代宗师的励志故事，对于当下的为学者有着重要的启示和典范意义。

总之，有传世之心，方能成传世之作。鲍志华先生的《独上高楼——唐兰新传》读其书，考其行，详于言论，细述行事，网罗至博，别裁极严，钩稽爬梳，成功地使唐兰先生毕其一生为往圣继绝学的大儒之风范跃然于纸上，真实呈现了国学大师唐兰先生的人格风貌、精神气质和铮铮风骨，不失为展现唐兰先生学术人生的一部精品力作。

是为序。

朱首献[①]

2021 年初冬于浙江大学紫金港校区西区

[①] 朱首献，浙江大学文学院（筹）副教授，中国作家协会会员，著名文学评论家。

前　言

一

按照现代学术分类，唐兰属于中国近现代著名的文字学家、历史学家、金石学家。

唐先生指出，中国人对文字的研究虽然远在公元前几个世纪已经开始，但两千多年来只是沿用了一个似是而非的名称——"小学"，一直到清末，章太炎等才把"小学"叫作"文字学"。①

唐先生说："文字学是研究文字的科学，在一个中国人看来，这个名词是很恰当的。……因为中国的文字是特殊的，在一切进化的民族都用拼音文字的时期，她却独自应用一种本来含有义符的注音文字。……所以，这一种西方人所不能理解的特殊的学科，我们只有把它叫作中国文字学。"② 这就给中国文字学确立了自己独特的地位，为中国这门特殊的学科正名。使文字学成为真正的科学，是唐先生一生追求的目标。

唐先生学术成就巨大，涉及门类众多，以我的水平，只能做一般性的介绍；就介绍而言，也难以详尽和深刻，所以谈不上深

---

① 唐兰：《中国文字学》，《唐兰全集 6：殷虚文字记·天壤阁甲骨文存并考释·中国文字学》，上海：上海古籍出版社，2015 年，第 393—394 页。

② 同上，第 394 页。

入研究和加以评论了。若深入研究，唐先生在任何一方面的学术成就都可以写成一篇博士论文。我重修《独上高楼——唐兰新传》（以下简称《新传》），更多的是为学习和探索唐先生生平及学术成就。

从 1932 年在北京大学任教时起，唐先生为寻求文字学"新的生命、新的出路"迈开了关键性的一步：他的扛鼎力作《古文字学导论》在北京大学问世。此书的问世，标志着唐先生开始在中国文字学研究领域中构建新的理论体系，确立了唐先生作为文字学这门全新学科的开拓者和创始人的地位。

继《古文字学导论》之后，唐先生在中华人民共和国成立前夕出版了《中国文字学》。在这部书里，他不仅对文字学理论做了更深刻的阐述，为建立现代中国文字学做出了诸多的贡献，而且敢于说真话，做到"不以人蔽己，不以己蔽人"，师古而不泥于古，尊师而不拘于师。

唐先生的这两部扛鼎力作奠定了他在中国文字学领域的领军地位。我之所以能够把握住这个重点，是因为先生的这两部著作通俗易懂，在有限的篇幅内言简意赅地开列了研究古文字的准备步骤及考释和研究古文字的方法、戒律，宛如给初学者写的培训手册，我这个对古文字方面缺乏常识的人也可以从中学到一点知识。

而唐先生在甲骨文、金文方面的研究成就，以及早年对《说文解字》的探索和研究都已包含在《古文字学导论》《中国文字学》中，在我国学术界也已得到一致认可。我能在《新传》中煞有介事地介绍唐先生的学术成就，正是得益于这两本"培训手册"，更是得益于《唐兰全集》指引的路径和方向。

二

在 20 世纪中国的著名学者群中，唐先生没有进过大学接受现代意义的正规学术训练，更没有出国留学去沐浴西方文化的雨露，而完全靠"独学"（自学）苦练成就了一番学术事业，成为著作等身、享誉海内外的学术大师，站在 20 世纪中国学术的高点上。

他是一位"独上高楼"的当代国学大师。特殊的成长环境、不寻常的人生经历、独特的成功之路，铸就了唐先生不平凡的学问人生。

唐先生以文字学成名，但他的学问博大精深，不仅为文字学所限。其治学出入经、史、子、集四部，可以说是集传统国学于一身。在 20 世纪 50 年代之后，像唐先生这样学贯四部、著作等身的学者为数不多。

更难能可贵的是，唐兰先生把国学的范围拓展至甲骨文、竹简、青铜器铭文等领域，使中国古文字学成为中国文字学领域的新成员。他把中国古文字的研究与中国上古史的研究有机地结合起来，为我国考古学术和上古史研究开辟了一条新路，开创了一种新方法。他运用这种新方法，对整个西周青铜器做了全面的研究，搜集铭文近千篇，写出了《西周青铜器铭文分代史征》（该书是遗稿，唐先生生前尚未完成，后由唐复年先生整理成书并出版）等重要论著。他将西周有铭青铜器系以王世，"写出一部新的比较详尽的西周史"[1]。他对中国上古史有独特的见解，他晚年

---

[1] 唐兰：《论周昭王时代的青铜器铭刻》，《唐兰全集 4：论文集下编（1972—1979）》，上海：上海古籍出版社，2015 年，第 1542 页。

提出的大汶口文化已进入文明社会的重要论点，在国内外引起了普遍的重视。

中国史学，特别是对中国上古史的研究，发展到20世纪二三十年代，呈现出思潮错落、流派纷呈、诸家并起、众流竞进的多元格局。在新中国成立前多元并进的史学研究格局中，唐先生始终坚持以考古出土文物、古代典籍及我国古代社会的历史有机结合上古史研究的辩证唯物史观，来进行中国上古史的研究，且卓有成效。

故宫博物院研究室青年学者杨安先生在其《苔岑之契　师生之谊——谈马衡与唐兰的交往》中写道："已故的张忠培院长对我说，故宫只有两个专家：一是马衡，一是唐兰。当然这有一定的夸张。但是以旧学的标准衡量，确实很难有人能与二位先生媲美。……追思与缅怀老一辈故宫人的风范，学习和研究老一辈故宫人的治学之道，始终是故宫博物院院史研究中的重要课题。"[1]

这也正是我近20年来始终坚持学习研究唐先生生平和学术著作，并撰写唐先生传记的初衷。

三

唐兰先生的学术著作，已经被全部收集至《唐兰全集》（以下简称《全集》）。我之所以有勇气重修唐先生的传记，是因为有了《全集》的指导。杨安在《〈唐兰全集〉评介》中指出："《全集》的编辑工作自2006年始，整理编辑小组秉承着严谨治学、持之以

---

[1]　杨安：《苔岑之契　师生之谊——谈马衡与唐兰的交往》，载《故宫学刊》2020年第1期，第8页。本书"纪念文选"已收录。

恒的敬业精神，通过不懈努力，历时八年，终于顺利完成了编辑工作。2015 年是唐兰先生最后工作的故宫博物院建院九十周年，《全集》既是故宫院庆献礼之书，更是一部全面解读唐兰先生学术成就、了解其治学风格的集成之作。"

《唐兰全集》书影

　　杨安先生在《〈唐兰全集〉评介》中总结了《全集》求真、求全、体现唐兰先生全人格的三个特点，这也正是我重修唐先生传记遵循的三大原则：求真——最大限度保持唐先生生平原貌；求全——《新传》的内容，尤其是关于唐先生学术著作、成就的部分，尽可能地详备；尽可能地体现唐先生的全人格。

　　我认为《全集》正确地体现了唐先生的全人格，无论是民国时期还是新中国成立后，唐先生都有着自己坚定的文化信仰，不被外来思潮和行政命令所撼动，这种学者的性格与风骨，读者阅读《全集》时可以感受得淋漓尽致。

　　我遵循《全集》指引的这条主线，力求在《新传》中体现唐先生的全人格。《新传》中也基本保留了对唐先生在特殊时期的多篇长文的记录，如在早年曾写过《孔子传》的唐先生在晚年写出《孔子批判》、咏史诗等多篇长文，相信广大读者也应该可以理性地判断是非，理解学者在当时的历史背景写下这些内容的原因。

因为有《全集》为依归，我重修唐先生传记就有了勇气和力量，所以说有了《全集》才会有《新传》。

四

2005 年，唐兰先生之子唐益年先生在嘉兴为拙作《唐兰》看稿时，谈及唐兰先生早年在天津时曾与赵一荻（又名赵绮霞、赵四小姐）有过一段恋情。这是有关唐兰先生的一段史料。我初闻此言，感到难以相信，我应该要辨证史料的真伪。

2008 年我改《唐兰》为《唐兰传》在香港出版时，将这则传闻作为猜测录为脚注记入书中，准备有朝一日我能确认这段传闻为真时，便正式作为史实写入正文之中。由此可见，那时我对这段难辨真伪的传闻是抱着姑妄听之的态度而不写入正传的。

2014 年 7 月 12 日，《嘉兴日报·江南周末》刊发了《唐兰与赵四小姐一段尘封已久的恋曲》一文，据说是该刊某记者采访唐益年的访谈录，以唐益年口述的形式叙述了这段"恋曲"。

该文内容与我在《唐兰传》书中这条注释所述雷同，但却在文尾用括号注明"本文根据唐兰之子唐益年口述整理而成，未经允许请勿转载"。如此慎重的声明，容易使人信以为真。

关于史料、传闻，我认为需要"大胆假设"，"小心求证"。作为首部唐兰传记的作者，我近 20 年来一直关注对此传闻的求证。至今为止，除了这篇与我所叙雷同的访谈录外，尚无其他佐证。

关于唐先生在津的婚讯，在杨安先生给我的微信消息中有一段可信度很高的史料。他的微信消息如下："唐先生与赵四小姐事最早见于鲍志华先生《唐兰传》，也是出于唐益年先生之口。1929年唐先生有过一次订婚，后又告离婚。《北洋画报》1930年11月15日载《唐诗人毁弃白首约》一文并附《启事》，知是唐兰先生与贾国华于1929年订婚，旋即因感情不和离婚。"

《北洋画报》刊登《唐诗人毁弃白首约》及《启事》一则

7

近据浙江大学朱首献教授提供的信息，《大公报》于 1930 年 11 月 12 日也刊发了唐兰与贾国华解除婚约的《启事》，比《北洋画报》还提前了三天。

《大公报》刊登《唐兰、贾国华启事》一则

五

在我的记忆中，有关唐先生生平史料的碎片，来自唐兰故居。

唐先生诞生并度过青少年时期的 107 号房屋，在新中国成立后因为住房制度改革，已经在建设月河新街区时拆除。被嘉兴市人民政府定为文物保护单位的唐兰故居，是 1929 年唐先生在天津办报时，其父唐熊征扩建的宅院。

这幢距今近百年的老宅的门堂如今尚存，只是大墙门已被拆毁，门洞被封。进入门堂，隔着一个天井是两间二层楼的正屋。正屋净宽丈二开间，十一檩进深；雕花大梁、紫光漆柱，楼板为框架，设屏门和隔扇；方砖铺地，南北均为海棠花木格玻璃长窗。整个正屋宽敞明亮，温馨清逸。小墙门是日常进出之用，有厢房和正屋连为一体。正屋后又有一个天井。有东西两条走廊，一口八棱青石井圈瓦壁的水井。三间平房后面是一个包括 107 号屋子在内的大院子，有旧砖垒筑的围墙，与外界隔离，内栽枇杷、橘子、石榴、板栗、樱桃等果树和许多兰花。

这幢宅院，正是我年轻时常去的地方，那是巽年全家居住之地，打扫、整理得整洁有序。

嘉兴新建的月河历史街区，以修复老宅为主，修旧如旧，重新恢复了秀水兜、坛弄、月河的旧风貌。已经建成的花鸟、古玩等特色市场，游人熙熙攘攘，生意十分兴旺；夜间营业的酒吧一条街，餐饮及文化设施规模更加宏大。这里是嘉兴市一大旅游景点，是市民和旅客休闲、夜生活的好去处。

如今，唐家后人已搬离故居，我每次路过这幢日益破败、人去楼空的院落，凝望着我年轻时在此度过无数欢乐时光的破败门墙，常有蓦然回首，巽年君正在灯火烂栅处之感，怅然若失矣。

近百年前，唐兰故居落成之时，如此石库墙门的大宅院，在当时也是鹤立鸡群，与周围低矮民居的破败景象格格不入。对此，当时坊间也有种种传闻，譬如唐家张氏老太太身世显赫，系新篁世家张廷济①后人；又譬如唐家大儿子在京城做大官；还譬如，唐家大儿子找了个京城大户人家做媳妇，娘家有钱资助；等等。

这些史料的碎片在我年轻时已经形成了记忆，在为唐先生立传的过程中，我一方面努力记住一些东西，另一方面则在努力遗忘一些东西。那些史料的碎片在往昔岁月中持续进行记忆与遗忘的竞争，我们需要辨识的是它们各自体现着怎样的竞争力量，反映了什么样的竞争过程。

历史是一种记忆，但遗忘在塑造我们的记忆。《新传》致力于史料碎片真伪的辨识，一切史料都应该以史学标准来对待。

嘉兴学人　鲍志华

2022 年春节

---

① 张廷济（1768—1848），字顺安，又字作田，号叔未，一号说舟，又号海岳庵门下弟子，晚号眉寿老人，嘉兴新篁人，清嘉庆三年（1798）解元。清末著名文物鉴赏家、收藏家、书画家、诗人。清著名学者阮元督学浙江时，对张廷济极为推重，来往密切，订为金石之交。张廷济精金石考据之学，尤擅长文物鉴赏，一碑一器都能辨其真伪，别其源流，喜收藏各类古文物，筑清仪阁藏之，各系以诗。善书画，能篆隶，尤精行楷，草隶为当时第一流，又工诗词，风格朴质，善用典故。张廷济的字、号、画作和诗文见于《竹里诗萃》。我曾就张氏老奶奶的身世询于巽年，他记得早年曾听家中老人说过，张家系从新篁乡下搬来，且曾经有过几箱线装诗书，是否《竹里诗萃》，他也不甚了。如今重修唐兰传，再读《竹里诗萃》中有关张廷济的诗文，尤对张廷济画兰一帧，自题云"鄙人从不会画，几山大名家力强为之"之事颇为关注。他画的这幅兰获得了很高的评价，有钱晓庭题跋于画作下方云："此叔未翁生平绝无仅有之作，得翁书百不如得画一也。"可见，这幅画是张廷济绝无仅有之作，是可以代表张廷济的画作，有"竹田里老书名重，劲腕写兰如折钗，世间那得有二本，题记请征快雪斋"之说。唐熊征取长子唐兰之名是否如取次子唐张俊之名一样含有纪念延续张家血脉，敬佩画兰之人之意？而唐兰又名佩兰、景兰及号立庵（立庵是"兰"的切韵）也耐人寻味，我总感到与张廷济的画兰有着某种联系。

目　录

CONTENTS

第一章
CHAPTER 1

原生地与原生家庭

一、生于"义和拳之变"

唐兰，1901年1月9日（清光绪二十六年，农历庚子鼠年十一月十九日）出生于浙江省嘉兴府秀水县（今嘉兴市南湖区），曾取名张佩[①]，又名唐佩兰、唐景兰，号立庵（立厂、立盫、立菴），早年在天津办报时曾用多种笔名在报刊发表文章[②]。1979年1月11日病逝于北京，享年79岁。

唐兰在其论著《天壤阁甲骨文存并考释》序中写道："庚子，甲骨初出……王氏（王懿荣）首次厚值得之，未几殉于义和拳之变。"他又写道："甲骨之初发现岁为庚子，王氏既以其年卒，余又适以是年生，事之巧偶，有若是者。"寥寥数言，道出了唐兰一生与甲骨文的不解之缘及唐先生出生前后的时代背景。

[①] 唐兰曾名张佩一事，为时甚短，知者甚少。据考，唐兰在上小学之前曾用张佩之名，上小学时其父改其名为唐兰，故而述及唐兰身世的各种书报文章均不提及此事，仅见于嘉兴市委、市政府编写的《嘉兴申报国家历史文化名城：文本D》。参见嘉兴市委、嘉兴市政府编：《嘉兴申报国家历史文化名城：文本D》，2011年，第216页。

[②] 杨安：《〈北洋画报〉中唐兰先生的笔名》，载《嘉兴学院学报》2019年第1期，第24—26页。

唐兰诞生在中国历史上充满苦难和屈辱的年代。

清光绪二十六年五月，慈禧轻信谎言，支持义和团对十一国宣战，并杀害了持反对意见的嘉兴人——吏部侍郎许景澄、兵部尚书徐用仪等五位高官。六月，英法联军从天津出发侵犯北京，火烧圆明园，进驻紫禁城，慈禧带着光绪仓皇逃离北京，中国陷入空前灾难，险遭瓜分。这便是史称"庚子国难""庚子国变"的重大事变，唐先生在《天壤阁甲骨文存并考释》自序中称之为"义和拳之变"。

这一年，唐兰在嘉兴呱呱坠地，生于乱世。

二、乱世人才链

在历史的视野里，唐兰出生在中国近代史上封建帝制向共和制转型的大变革时代。

中国的近代史是从鸦片战争揭开序幕的。那时，帝国主义列强侵略和瓜分中国，清政府又腐败、软弱无能，致使中国的主权丧失殆尽，沦为半殖民地半封建社会。在此时期，孙中山在檀香山成立了中国最早的资产阶级革命团体——兴中会，标志着中国反帝反封建的资产阶级民主革命的开始。

国内民族矛盾、阶级矛盾日趋尖锐，反帝反封建的革命洪流日益汹涌。在这大变革、大动荡时代，自1850年嘉兴人沈曾植诞生至20世纪初同为嘉兴人的唐兰诞生，这半个世纪中几乎一年接一年地诞生了光大传统、发展学术、创新文化、继往开来、承先启后，并在中国近代学术史上占有一席之地的杰出人物、巨匠大师。其中有：

沈曾植（1850—1922）；

刘　鹗（1857—1909）；

罗振玉（1866—1940）；

蔡元培（1868—1940）；

章太炎（1869—1936）；

王国维（1877—1927）；

鲁　迅（1881—1936）；

马　衡（1881—1955）；

陈寅恪（1890—1969）；

胡　适（1891—1962）；

郭沫若（1892—1978）；

唐　兰（1901—1979）。

这些直接或间接与唐兰的学业相关的人物梯次相接，构成了"江山代有才人出"的"人才链"。

岁月已逝，光华犹在。唐兰出生时，时代已经为他日后的成功预备了为数众多的师长辈文化学术名流。唐兰如同蜜蜂生长在百花园中，任意采纳花蜜般的文化精品。这也是历史的"事之巧偶"。

在中国的近现代史上，凡是大动荡、大变革的年代，总是能涌现出杰出的大人才。时势造英雄，乱世出人才。所谓天才，皆有因故。

三、父亲身世考

唐兰的原生地嘉兴市位于浙江省东北部，地处长江三角洲杭嘉湖平原腹地，东临大海，南倚钱塘，西接天目，北负太湖，与上海、杭州、苏州相距均不足百公里。自古以来，嘉兴尤以大运河穿城而过的江南韵、水乡风而名扬五湖四海。

嘉兴城的崛起始于隋代大运河的开通。由于苏州至杭州的大运河航道必定经过嘉兴，嘉兴因此成为南来北往的水上交通枢纽，有"鱼米之乡""丝绸之府"之称。

唐兰之父唐熊征（又名张熊征）便是在嘉兴从一位流浪孤儿长大成人、娶妻生子、成家立业的。

唐熊征生于1875年，其时正值1864年太平天国天京陷落之后出现的所谓"同治中兴"。他祖籍江苏无锡农村（一说盐城农村），出身赤贫。其幼时父母双亡，孤苦无依，10岁左右只身在嘉兴流浪。当时的嘉兴知府是许瑶光。许瑶光是清军收回嘉兴后清廷委任的第一任嘉兴知府，前后在任17年，在嘉兴逝世。

在遭受十多年的"洪杨之乱"后，嘉兴"人民凋敝，城市荒凉，善后诸大事，措置极难"。许瑶光"大度明决，不事苛求，从容就理，先留养，次掩埋，集居民，招商贾，贫者恤之，恶者除之，设婴堂，而幼孩保，复书院而文教兴"，使嘉兴人民得以休养生息，逐渐恢复元气。①

---

① 嘉兴市档案局（馆）、嘉兴市档案学会编：《〈申报〉嘉兴史料集萃》，北京：中共党史出版社，2008年，第28页。《申报》给嘉兴留下了大量真实无妄的史料，为使嘉兴人从中了解嘉兴的前世今生，传承嘉兴历史文化，嘉兴市档案史志部门自1991年起，至2004年止，花了十多年时间，将巨资购得的400册《申报》影印本中有关嘉兴的史料逐条抄录，然后请专人汇编成10册《〈申报〉嘉兴史料》正式印行出版。笔者在2002—2004年有幸担任第8—10册的责任编辑，完成了难度最大的1872年至五四运动时期文言文版《申报》中有关嘉兴史料的摘录、标点、编辑等工作。紧接着，笔者又编辑完成了200余万字的《申报嘉兴史料集萃》。这是我国第一部按照中国革命历史进程编研而成的老报纸史料汇编。要想了解一座城市的历史最好方式，莫过于阅读这座城市的旧报纸。《〈申报〉嘉兴史料集萃》既可作史书看，又可作掌故谈，卓尔不凡，雅俗共赏。这部书曾获得浙江省档案文献优秀编研作品奖。本书中引用《申报》的文字均出自此书。

许瑶光为了"中兴"嘉兴，"集居民，招商贾"，吸引大量来自苏北、绍兴、温台一带的移民到嘉兴开荒种地，开店经商。故而嘉兴自那时起来自苏北、绍兴的移民有数万人之多，他们在嘉兴城乡搭建草棚、茅屋、瓦房，安营扎寨，开荒种地，提篮叫卖，理发修面，撑船养鱼……从事各行各业，借以养家糊口，娶妻生子，繁育后代。土著居民、外来移民共同的艰苦奋斗，使嘉兴逐渐恢复元气。

唐熊征很有可能是在 1878 年前后跟随家乡父老移民的人潮来到嘉兴的，亲身经历了 1880 年许瑶光与省府大员的"荒""熟"之争。许瑶光为了开荒移民的利益，减轻他们的负担，毅然与省府委派前来嘉兴丈量"荒"地变"熟"地课以捐税的大员相抗争，被清廷罢官。嘉兴人民为了保住这位好官，在《申报》上连续发表了《嘉兴府知府许瑶光复浙抚谭中丞禀》《嘉守罢官记》《嘉禾"荒田谣"送许太守》等长篇文章，揭露了事情真相，迫使清政府重新委任许瑶光治理嘉兴。①

唐熊征是"土""客"融为一家的最佳典范。他流浪至嘉兴后，衣食无着，夜宿廊下，白天在塘湾街一带码头上帮人推车挑担，赚几枚铜板，艰辛度日。幸逢一位姓张的商人（已佚其名，本书尊称其为张公）收留作学徒，后被收为义子，改姓为张，生活方得安定。

张公中年丧妻，膝下无后（又有一说：其有一女，后招唐熊征为婿，即唐兰生母），以在塘湾街买卖水果和南北坚果为业，在嘉兴城内丁家桥项家巷有一房产，系城镇小商贩家境。

---

① 嘉兴市档案局（馆）、嘉兴市档案学会编：《〈申报〉嘉兴史料集萃》，北京：中共党史出版社，2008年，第29页。

唐熊征在童年时念过私塾，长大后跟着张公学做贩卖时鲜果蔬的生意。他粗通文墨，且在张公指导下学会了簿记珠算。业精于勤，日积月累，熟能生巧，数年后他青出于蓝而胜于蓝，在嘉兴闹市端平桥至北丽桥的塘湾街一带的水果行业中站稳了脚跟，从摆摊到开店，从零售到批零兼营，打开了局面，占有了一定的市场份额。

看到这后生如此有出息，尤其是看到唐熊征结婚生子、成家立业，张公甚感欣慰，遂将生意交给熊征，在家含饴弄孙，安享晚年。张公作古之后，唐熊征承继了张公的家业。

四、唐兰故居

为了生意兴旺，招财进宝，唐熊征择定秀水兜为风水宝地，在此购房置业。

旧时嘉兴北郊杉青闸端平桥至北丽桥到秀城桥的一段河面，古代称秀水。宋张尧同在《嘉禾百咏》中称此水"好景明于昼，长浮五色波"。明弘治《嘉兴府志》载："天和景明，水呈五色，见者获庆。"明代秀水县因此得名。

清查慎行有《早发嘉兴》诗云："茫茫晓路出杉青，风色初回雾气醒。夹岸黄云三十里，片帆飞渡菜花径。"这首诗说的是那时的秀水从杉青闸过端平桥能"片帆飞渡菜花径"，可见船速飞快，水流湍急。秀水从北丽桥起分成两支，一支过分水墩至秀城桥，一支进入月河缓缓流过清河桥，折向南，穿过三秀桥，再徐徐地流进秀水兜。因地形如兜，四面贯通，故其地其水均称秀水兜。

秀水兜有东西南北四条小弄。从坛弄口起至秀水兜浜底，四周密密麻麻地建造着各式民宅，街里套街，弄里有弄，初至此处，如入迷宫。不熟悉这里环境的，七拐八弯之后，可能仍回到原处。

沿着青石堤岸向西，是俗称的朝南埭。这一带建造着二十余间一字排开的二层中式民房。这些民房大都九檩进深，丈一或丈二开间。门面都是一式的杉木厚门板，上下断开，其上部可以掀起来作窗户。二楼是木板护栏，护栏上面镶嵌鱼鳞状蚌壳的大格子平开窗。门朝秀水兜河面，门前铺有石阶和青砖。

唐熊征觉得此乃聚财宝地，风水极佳，便在此买屋定居。他购买了朝南埭中段门牌号为107的一间二层楼房和紧邻的门牌号为105、106的两间普通平房。唐兰诞生地（嘉兴人俗称"血地"）是在107号的楼房里。

唐母临盆前几天的天气也真有点怪。正时值小寒，前天还是闷热得让人喘不过气来，搬几筐水果也会出汗，可昨天忽然狂风怒号，急雨跳珠，入晚势若倾盆。然而，待到婴儿降生时，风雨戛然而止，寒气又有些逼人。

陪伴夫人临盆一夜未眠的唐熊征踱至衣柜欲取棉袍御寒，忽然听得婴儿啼哭之声，这位27岁的汉子激动万分，他狂喜地喊道："儿子的名字就叫张佩，小名兰兰！"

唐兰出生在秀水兜107号二层楼房的楼上正房内。107号楼房底层的门面，只要把门板拆卸掉，便是唐熊征经营水果的店铺。木板铺就的柜台上围了几个方格，用以展卖各种时令瓜果。春有苹果、香蕉、鸭梨，夏有枇杷、杨梅、水蜜桃、杏梨、西瓜、小瓜，秋有南湖菱、鲜藕，冬有蜜橘、风干菱。应时应物，四时不绝。

1929年，唐熊征把紧邻的105、106号两间平房进行改、扩建。重建后用粉墙黛瓦建造的高耸挺拔的封火墙，有一大一小两扇墙门，大墙门居东，小墙门居西。大墙门里侧是一座门堂，门楣、门框均用精美砖雕镶嵌，显得古朴典雅。

五、原生家庭

唐熊征养父张公身世已无从查考，仅据唐巽年回忆，张公系从嘉兴郊区新篁镇搬迁至嘉兴城区丁家桥项家巷（这里曾有明代著名藏书楼天籁阁与万卷楼，故项家巷又有"天籁里"之称），在项家巷老宅中曾有线装古籍诗书、碑帖，如《竹里诗萃》《清仪阁集古款识考》《金石刻题跋》等，张公似出自新篁张廷济家族之一脉。唐兰生母之身世有两种传说，一说系张公之女，一说是张公之养女。有一点可以确定的是，此女系张公亲戚，也来自新篁耕读人家。

唐母自生产之后，得一气喘病，时常发作，身体虚弱，除勉强照料幼子外，已无料理家事之能力，更不能在生意上助其夫一臂之力。

唐父在唐兰约10岁时娶桐乡乌镇毛氏为妾，帮助料理内外事务，颇为得力。毛氏不久产下一子，取名唐张俊，又名唐耀堃。

唐母是位传统的贤德妇人，对丈夫纳妾并无怨言，她拖着病弱之躯，专心抚育儿子。张公与她都喜读古诗书，唐兰三四岁时，他们即教他读书写字，用的教材便是这些古诗词和石刻碑帖。毛氏对大房也颇敬重，两房妻妾分房而居，各自抚育一子。

家和万事兴，唐家和睦相处，倒也相安无事。

唐兰长大之后，事母至孝，他拜师学医，就是为了医治母病。唐父把项家巷旧宅翻修一新，唐兰在此开设景兰医院挂牌行医后，便把母亲接来同住，寻医问药，悉心照料，同时母亲也可以为唐兰料理一日三餐，照料日常生活起居。

唐兰离开嘉兴后，其母亲仍居住在项家巷老宅，唐兰节假日返回嘉兴度假时，是在项家巷老宅陪伴母亲，故而他那时在致王国维等人的信中留的是项家巷的地址而不是秀水兜。当唐兰在北京娶妻成家定居后，又返回故乡将生母接至北京精心护理，直至病逝。

唐父在抗战期间携毛氏及次子至乌镇避难，遭日机轰炸而亡。其时唐兰正在云南昆明西南联大任教，因路途遥远，关山阻隔，未能奔丧。

其同父异母之弟唐张俊一直生活在秀水兜老宅，长大后在银行做事，娶妻庐氏，1947年生下一子，取名巽年，即唐兰唯一的亲侄儿唐巽年。新中国成立初，巽年不足四岁时，其父英年早逝，其母改嫁，仍居老宅，照料前夫之母毛氏及子巽年。毛氏于1961年病逝于老宅，终年75岁。唐兰在新中国成立后两次返乡，均曾前往老宅探视毛氏和侄儿。

唐巽年长大后服侍长期卧病在床的母亲，直至其母于2009年病逝，尽到为母养老送终的责任和义务，被邻里称道为孝子。2010年夏，唐巽年病逝于老宅。其妻戴氏、女彦君一家四口于2017年搬出老宅。

嘉兴市人民政府于2000年决定立这座秀水兜老宅为嘉兴市重点文物保护单位，取名"唐兰故居"。

本书作者(左)与唐兰之侄 唐巽年 (右)在唐兰故居前合影(摄于2005年)

第二章

在家乡读书求学的经历

一、启蒙老师

1901 年，清政府迫于形势，颁发了《变法上谕》，宣布废除科举考试制度；1902 年，秀水县在天官牌楼成立秀水县学堂；1903 年，嘉兴县将陶甄讲舍改为嘉兴县学堂，成为废除科举考试后嘉兴第一批公办新式小学之一。但是，科举考试制度如同一列快速奔驰的火车，虽已刹车，却仍凭借巨大的惯性，向前行驶。《申报》曾载"庚子辛丑恩正两科浙江乡试名单"及"癸卯科会试名单"，可见至 1903 年，浙江仍在举行科举考试。1905 年，清政府又开展所谓"宪政运动"，再次宣布废除科举考试制度。

1905 年，范古农先生（1881—1951）在嘉兴城北门坛弄内开设毓秀小学，开嘉兴私立小学校之始。自此，嘉兴民间开办小学逐渐增多。

废除科考时，唐兰已经三四岁，母亲拿着方块字教他认字。唐兰父母对经书不可不读的古训是十分信奉的。他们时常对儿子说：读好了书，有了学问，强盗抢不走，大火烧不掉，艺不压身。

尤其是母亲，她对儿子寄托着更大的希望，希望儿子能"十年寒窗读书苦，一举成名天下知"，走上学而优则仕的科举之路。

虽然朝廷明令废除科考，但是做父母的望子成龙心切，仍然殷切地期望儿子能读书成才，在儿子幼时便进行启蒙教育。唐兰天资聪明，好学上进，在父母亲的熏陶和教育下，五六岁时就能诵读《百家姓》《千字文》等启蒙经书。

在他读书识字的启蒙阶段，上海的《申报》对他颇有影响。《申报》创刊于1872年4月30日（清同治十一年三月二十三日），于1949年5月27日上海解放时停刊。《申报》自创刊之日起就在嘉兴发行，历时78年之久，是旧中国发行时间最长、对新中国成立前的嘉兴人影响最大的一份报纸。如同每日三餐，这份《申报》已成为当时嘉兴人不可或缺的精神食粮。《申报》每天除给嘉兴提供"国家之政治，风俗之变迁，中外交涉之要务"等国内外政治、经济、文化、军事等要闻之外，还大量刊登有关嘉兴的地方新闻资讯，使这份报纸几乎成为"嘉兴日报"。

唐熊征为"拎市面"（嘉兴方言，获取市场信息之意），订阅了《申报》。张公每当茶余饭后在躺椅上休息，便使唤唐兰"把'申报纸'拿来"，或要孙子"给爷爷读几段'申报纸'新闻听听"。唐兰自小耳濡目染，对阅读《申报》产生了很大的兴趣。

唐兰在少儿时几乎天天阅读《申报》，逐渐从中了解天下大事，了解发生在嘉兴的新闻，还从《申报》上知晓了罗振玉、王国维等文化人，知道在上海这个地方有这么些人在研究一门叫"国学"的学问，还知道了有一位名叫陈栩（字寿嵩，号蝶仙）的著名作家、诗人在上海主办栩园编译社、教习诗词……唐兰在嘉兴度过了青少年时期，从阅读《申报》增长知识，了解外部世界。

从少儿时起，《申报》便是他的亲密伙伴。

1906年春，那时张公已经去世，唐熊征恢复唐姓，他送儿子上了离家最近的毓秀小学，在入学注册时将儿子名字改为唐兰。

6岁的唐兰穿着藏青布小长衫，背着小书包，小脑袋后面拖着一条小辫子，牵着父亲的手，走进了学校大门。唐父拎着满满一竹篮水果和用红纸包着的两条状元糕，一眼看见站在校门口迎着学生的范古农先生，便拉着儿子快步来到范先生面前，对儿子说：快叩头，叫先生。唐兰恭恭敬敬地朝范先生三鞠躬。范先生忙说：免礼，免礼。

1907年，范古农东渡日本留学。在日本，范古农与褚辅成、沈钧儒等人过从甚密，遂加入中国同盟会。1910年（清宣统二年）回国后任嘉兴府中学堂监督，1912年（民国元年）任嘉兴县立乙种商业学校校长。唐兰虽然在毓秀小学期间与范古农仅有不到一年的接触，但后来在商校求学时与范古农也有三年师生之谊，因此范古农对他在学生时期的成长颇有影响。

唐兰在上小学时，学习十分专心。放学后他总是径直回家，从未跟小朋友们到塘湾街、丽桥头去玩耍。他看到父亲终日忙于生意，十分辛苦，而母亲体弱抱恙，常卧病不起，因而总想着为父母分担些忧愁。他一回到家，就利索地干起家务活。在秀水兜的木水凳上淘米、汰菜，在灶旁添柴烧火。干完活之后，就坐到三屉书桌前专心致志地做作业，温习功课。唐兰课外自学的"必修课"是临帖习字和读书。七八岁时，他的毛笔字已经写得端端正正，至10岁时，已从临习《多宝塔碑》为主转向临习《石鼓文》《张迁碑》。经过数年不倦不弃的临帖，在那些点捺横竖、撇钩折弯间透露着的博大精深的中华文明的浓浓气息熏陶下，少年唐兰字写得不仅形似，而且神似，他对字帖中蕴含的中华文化的精华也就心领神会了。

他在临帖的同时，由此及彼，注重阅读中国古文学、古代史学等内容的书籍。从先秦诸子的文选到两汉的史书、辞书，从唐宋的诗词到昌黎、东坡之文章，他都有涉猎。凡能看到的书或报纸，他都一一阅读，真可谓博览群书，读到不舍时甚至于黎明时分才和衣而睡。小学毕业前夕，父亲走进他的房间，看见三屉书桌墙上贴着三尺白宣横条，上书"立志宜高大，用功宜笃实"。父亲含笑点头，自言自语道：这小子或许有出息。

1911年10月10日（清宣统三年，农历辛亥年八月十八日）武昌起义，辛亥革命爆发。对于这场中国社会的大变革，年幼的唐兰仅从《申报》中获得一点信息。当时《申报》载："民国军于十月五日破晓前四点钟，光复杭州。即举汤君蜇仙为都督……当由汤都督会商敢死队长黄金发、蒋介石诸君，分派临时民政长"，"民国军光复杭州，组织临时政府……另举褚辅成为政事部长"。又报道："嘉防统领沈棋山反抗民军，不料前日一战，全军鼓噪倒戈，一律改悬星旗。沈统领知事已决裂，即晚微服遁逃。昨日二次敢死队到来，全城已悬白旗，绅民欢迎，地方安靖。"由于"绅民欢迎，地方安靖"，革命党人占领嘉兴后，市民们生活如旧，商铺照常营业。明显的变化是男人们把拖在脑后的长辫子剪掉了。唐熊征的做法是把辫子盘在头顶上再戴上帽子，以防反复，但把儿子的辫子给剪掉了，以符合时代潮流。

二、范古农与商校

1912 年夏天，唐兰小学毕业，他的很多同学都要去秀州书院求学。秀州书院原先是秀州学堂，建于 1899 年，是由美国基督教南长老会创办的。唐熊征是一个讲究实际的商人，他认为儿子需要多读书，要有学问，但对洋学堂所授之学问不以为然，他决定让唐兰进入范古农做校长的商校读书。

此时，曾是毓秀小学校长、清宣统二年嘉兴府中学堂监督、中国同盟会会员的范古农先生，正在塘湾街端平桥塊的嘉兴乙种商业学校任校长。唐熊征想：顾名思义，商业学校是学习经商学问的，儿子将来学成后兴许可以帮自己振兴商业。

1912 年秋，唐兰进入嘉兴乙种商业学校念书。

早在 1909 年（清宣统元年），嘉兴塘湾街绅商在端平桥塊发起、开办商业学堂，后改为商科学堂，课程设置注重商业、英文。1912 年，范古农先生担任校长，将其更名为嘉禾私立第一商业学校，不久又更名为嘉禾私立乙种商业学校。它是嘉兴城第一所培养商业专门人才的中等技术学校。学校设预科、正科、专修科，预科读一年，正科读三年，专修读两年。唐兰读的是正科三年制。

范古农精通佛学，为我国居士讲经之第一人，与沈钧儒、褚辅成号称"鸳湖三杰"。他的经历颇为奇特，他原是清末秀才，毕业于上海南洋公学，又在杭州就读于求是书院，后东渡日本留学于东京物理专科学校。在政治上，范古农参加中国同盟会，力主革命，与章太炎、鲁迅均有交往。辛亥革命后，这位有功之臣理应如褚辅成等人一样去从政，可范古农回到家乡当起了商业学校的校长。到后来，他又转而研究佛学，到了入迷的程度。范古农与龚宝铨（曾任浙江图书馆馆长）等组织嘉兴佛学研究会，并在杭州、嘉善、平湖、海盐、松江等地相继成立佛学会。他在寒暑两假中还应邀赴各地讲经，开居士讲经之风气。范古农曾跟随九世班禅和白普仁喇嘛朝觐各佛教圣地，并在上海佛学书局任总编辑，成为国内佛学界之权威。

唐兰在商校读书更多的是受到国学的熏陶。范古农在讲授国文课时，不时地插叙一些对四书五经的解释，以增加学生的国学知识。在课堂上，唐兰目不转睛、全神贯注地看着范先生，看着黑板。几堂课下来，唐兰那专注的神情引起了范古农的关注。范古农的家就在月河边，与唐兰的家隔河相望。一天放学后，范古农带唐兰到自己的家里，让他在书房中翻阅书籍，希望这位学生能借阅自己的《金刚经讲义》等佛学书籍。可是，令范古农惊异的是，唐兰从书柜中取出了《章氏丛书》；更让范古农惊讶的是，唐兰多次借阅的是罗振玉和王国维合著的有关古文字学的书籍。

范古农晨昏散步已成了习惯，常沿着秀水兜踱至清凉庵小坐片刻，有时也会到唐兰家里串门。范古农看到唐兰临习《石鼓文》《张迁碑》字帖，形神皆俱，尤其是墙上贴着的四尺大幅用楷书抄写的韩愈《石鼓歌》七言古诗，不由得大加赞赏。范先生端详着站在面前的唐兰，不无感慨地低声说道："长此不舍将有大为，可惜进错了校门。"不意唐兰平静地回答："先生，学生并未进错校门，正是因学生仰慕先生之故啊！"接着，他向先生深深地鞠了一躬，继续答道："多谢先生的教诲与栽培。"

崇文厚德、古道热肠的范古农，为了竭力弥补唐兰"进错校门"的缺憾，从老友龚宝铨先生处借来了很多古籍供唐兰阅读，还在去上海拜会沈曾植先生时对唐兰的人品、学识大为赞许，称之为难得一见的少年俊才，堪可造就，给沈曾植先生留下了深刻的印象。

三、陈仲南与景兰医院

唐兰在商校念书期间，唐母久病不愈，请来嘉兴城内的名医陈仲南先生诊脉研方。陈仲南先生早年热心于儿童教育事业，创办了学校，中年患瘰病，遂自习医学，痊愈则医道亦精，便专以行医为业，尤以中医妇科在嘉兴卓有名望。唐熊征为给夫人治病，请陈仲南作为常年的保健医生，诚是顾念夫妻情深，恪守德仁道义之举。唐兰放学回家后，就在母亲病床前悉心照料，侍奉汤药，时间一长，遂萌生学点医道的念头。他找来一些中医书籍，对照陈先生开具的药方，仔细探究起来，为何每次药方不尽相同，或味有调整，或量酌增减，并观察母亲的病情，存有不解时便向陈先生请教。父亲知道此事后，觉得这医师的职业还是不错的，一可普济广众，二可谋生立业，况且陈先生医德高尚，医术精湛，又与自己相识很久了，何不让儿子从师于陈先生呢？而陈先生对唐兰的好学和才智也十分欣赏，倘若收他为徒，必会给师门增添光彩。于是陈仲南和唐熊征父子一拍即合，择期举行拜师入门仪式。

1915年夏天，唐兰在商校正科三年的学业顺利完成了，习医拜师的仪式也如期隆重地举行。在嘉兴城内天妃宫东仲南先生宅院的大厅里，地面铺上了红色羊毛毡，红木八仙桌上摆着一对铜烛台，红烛燃烧着；陈先生身穿纺绸长衫，端坐在太师椅子上。

唐兰在父亲的陪同下，向前跨一步，恭恭敬敬地双膝跪在红毡上，向陈先生行三叩首之拜师大礼。从此，师生相随，唐兰开始习医。

唐兰入师门后，每天都是最早来到先生的诊所，阅读著述，誊抄药方。陈仲南给患者看病时，他紧随先生身旁，切脉问诊，细心周详，医术大有长进。在先生众位弟子中，唐兰尤得先生的赞许。

1917年（农历丁巳年）除夕，年夜饭照例在天妃宫陈宅的大厅正中开始了。围坐在圆桌旁的众弟子都看到今夕的年夜饭比往年丰盛了许多，正在疑惑时，陈先生说话了：今是除夕，即除旧岁迎新年；但今夕有所不同，你们的师兄弟唐兰自此后真正要开始新的一年，他已出师了。话音刚落，满座皆惊。

1918年2月下旬（农历戊午年正月），唐熊征把位于项家巷的旧居打扫收拾干净，作为儿子行医的场所，并给诊所取名为"景兰医院"。

唐兰一方面将行医作为谋生之道，另一方面还亲自承当母亲的保健医生，日夜精心护理母亲。

在唐兰执业中医的头两年，嘉兴正流行时疫。据《申报》记载，"嘉兴自入冬以来，民间发现一时疫，初起身热喉痛，越日喉间竟行腐烂。医家束手，传染亦颇迅速。三四日后喉间涨塞，饮食难下，旋即气闭而死。……被传染者十必九死，殊可怖也"；"嘉兴近日喉症盛行……现禾邑各医院均备有药水针专治喉症，惟以药本昂贵，每针须洋五元云"；"嘉兴流行时疫仍复蔓延，商家有因染症而不能营业。第二中学学生共病七十余人……十八日起暂停上课，各回乡里"。

时值军阀混战，嘉兴四乡土匪猖獗，社会治安混乱，百姓生计艰难。时疫流行之时，不少人贫病交加，景象十分悲惨。唐兰开设医院之后，不问贫富，一视同仁，秉承悬壶济世、治病救人的宗旨，悉心医治。医院开办年余，其医德、医术之美名远播四乡。常去景兰医院指导的陈仲南先生抚着医案笑道："有此高徒，足慰生平矣。"

唐兰针对这几年在嘉兴流行的喉症，结合临床实际，查阅中医经典，于夜深人静之时，将中医学中有关医治喉症各方汇编成书。书中附有各类处方百余种，取名为《喉痧汇编》。这是唐兰的第一部著述，可惜已经散佚了。这虽是一部医书，但中医学讲究辨证，扶正祛邪，治病治本，这些道理是可以应用于其他学科的。通过对中医学的学习和行医实践，广泛地接触社会实际，了解民生、民情，他深刻地思索着走怎样的人生之路。

第三章
CHAPTER 3

博采众长，增进阅历

一、"雀墓寻陶步未艰"

关于唐兰青少年时期在嘉兴的活动，唐兰晚年的《与朱瘦竹赠答诗》道出了他与少年时好友朱瘦竹的三件陈年旧事："鸳湖放棹春常在"，"雀墓寻陶步未艰"，"茗饮南乡当有诗"。这是描写唐兰少年时代兴趣爱好的为数不多的真实无妄的史料，殊为难得。

1978 年初，唐兰离京赴甘肃、陕西、河南等地博物馆考察文物，做学术研究，历时月余。3 月返京，任第五届全国政协委员。在此期间获侄儿巽年来信，信中禀告嘱其寻找的朱瘦竹已经找到。唐兰深感欣慰，即书七律一首赠朱瘦竹：

> 七十八年一瞬间，休嗟无术驻童颜。
>
> 鸳湖放棹春常在，雀墓寻陶步未艰。
>
> 茗饮南乡当有诗，笔耕北国未曾闲。
>
> 平生险处看来惯，且说高峰尚可攀。

朱瘦竹收到后答唐兰七绝诗一首：

> 项家旧巷邈无基，越水燕云两地思。
>
> 我已无聊学蚯蚓，何堪重话少年时。①

　　朱瘦竹，嘉兴人，著名文学家郁达夫的姻亲，与唐兰同年生，又系小学、商校同学，商校毕业后在家乡从事教育工作，工诗词，颇有文名。唐兰离开嘉兴后，两人即失去联系。直至"文革"后，唐巽年遵伯父之命，几经周折方才找到他，两人才恢复了联系。据朱瘦竹所言，唐兰逝世后，其子唐复年为完成国家领导"专访唐兰一生事迹"的任务，来到嘉兴拜访自嘲"无聊学蚯蚓"②的朱瘦竹，其时朱瘦竹一眼已盲，年近九旬矣。唐复年在嘉兴时曾走访早已"邈无基"的"项家旧巷"，欲寻找祖父母及父亲在项家巷老宅时的人生痕迹，寻找"景兰医院"旧址，可惜已荡然无存，只在唐兰写给友人信中的通讯地址上，看到了有关项家

---

①　关于本章所录唐兰的"七十八年一瞬间"与第十章所录"生与老病死相随"这两首诗，我在原《唐兰传》（2008）中有"1977年9月书七律一首""这两首诗都是写给……朱瘦竹先生的"的叙述，《唐兰全集》第12册第148页为这两首诗加上了"与朱瘦竹唱和诗两首"的标题。这两种说法都有谬误。据朱瘦竹《唐兰与我的赠答诗》[载嘉兴市政协学习和文史资料委员会编：嘉兴市文史汇编：合订本（第四册）》，北京：当代中国出版社，2011年，第437页]一文涉及唐兰书赠七律一首的时间的记述"闻最近曾去甘肃、陕西、河南等地……往返30余日"，及《唐兰年谱》中"1978年78岁，应河南、陕西博物馆之约"，唐兰赴甘肃等地考察系1978年初，"往返30余日"返京，当在是年3月。其七律首句"七十八年一瞬间"应是写于1978年而不是"写于1977年9月"。朱瘦竹收到赠诗后即"我复他一绝"，便是"项家旧巷邈无基"诗，是为赠答诗，不是唱和。《唐兰全集》把唐兰自己写的两首诗作为"唱和诗"有误。本次新编采用朱瘦竹之说，用"赠答"而不用"唱和"，并增加答诗，使之更完整，以纠正旧《唐兰传》的谬误。另外，《唐兰全集》此二首诗的"整理说明"把"雀墓寻陶"注释为"到雀墓桥寻找陶朱公遗迹"有误。《唐兰全集》的这些失误系引用2009年7月26日嘉兴《南湖晚报》上的文章造成的。另据朱瘦竹记述，唐兰赠诗中有"茗饮南乡当有诗"句，《唐兰全集》中录为"茗饮南乡尚有诗"有误，原《唐兰传》也存在同样的错误。

②　人已老大，壮志全消，只可学蚯蚓食一方泥（朱瘦竹语）。参见朱瘦竹：《唐兰与我的赠答诗》，嘉兴市政协学习和文史资料委员会编：《嘉兴文史汇编：合订本（第四册）》，第437页。

巷的墨迹，那是因为唐兰赴无锡后，其母仍居住在项家巷老宅，每逢学校放假，唐兰回嘉兴时，就在项家巷老宅陪伴其母。故而朱瘦竹对"项家旧巷"有深刻印象而不提秀水兜。

唐兰诗中的"雀墓"即如今的嘉兴雀墓桥遗址，位于嘉兴市区东郊东栅乡雀墓桥村。此处历史悠久，文化底蕴十分丰厚，系崧泽文化、良渚文化、古吴越文化三个不同时期的文化遗址，距今约4000年。（在唐兰诗"雀墓寻陶步未艰"一句后，朱瘦竹特地加批注"黑陶文化遗址"。）

在唐兰少年时，雀墓桥一带乃是荒凉的墓地，桑树、灌木、杂草丛生。当地农人在此处时有拾得古陶片、古陶器等的传闻传至城内，城内的文物爱好者也去雀墓桥淘宝捡漏。少年唐兰对古陶片、陶器情有独钟，他听到这些传闻后，便与朱瘦竹相伴去雀墓桥寻找古陶片、古陶器，这便是"雀墓寻陶"的真正寓意。这是他少年时的兴趣爱好。

他感兴趣的这些古陶大有来历。1983年初和是年底，经浙江省级及嘉兴市级文物部门在雀墓桥遗址二次抢救发掘，发现了古代水井、新石器时代墓葬、灰坑等古迹，在该地出土了古陶器、陶鼎、木版等古文物。经考古证实，嘉兴的雀墓桥遗址是崧泽文化、良渚文化、古吴越文化等三个不同时期的文化堆积，后该遗址成为嘉兴市级重点文物保护单位。

"雀墓寻陶"寻找的是具有考古文物意义的古陶器、古陶片，而不是如《唐兰全集·与朱瘦竹唱和诗两首》的"整理说明"中所言，去"寻找陶朱公的遗迹"。唐兰对商神陶朱公毫无兴趣，也从来没有雀墓桥是陶朱公遗址的说法。

二、"鸳湖放棹春常在"

"鸳湖放棹春常在"这句诗有深刻的文化含义。

唐兰诗中的"棹"即指船，清代诗人、嘉兴王店人朱彝尊长诗《鸳鸯湖棹歌一百首》也即船歌。嘉兴南湖的船是嘉兴船文化的集中体现。在清末民初，每逢春节、清明、端午等节日时，南湖上常聚集数十艘画舫，龙船前导，首尾相衔，船上丝竹齐奏，歌声悠扬。据1892年8月20日《申报》载："禾中人皆乘画舫以游，烟雨楼下画舫欲满。另有五彩灯船，中置清曲一局笙管悠扬，别绕雅趣。"又有1897年3月8日《申报》载："东门外南湖中有迎赛水会，大家小户咸呼姨携妹买舟往观……烟雨楼下更有龙舟数号，妙选生童，扮成好儿女演唱荡湖船戏。"从《申报》史料中可以看出，19世纪末20世纪初的嘉兴南湖已经有了龙船、彩船、灯船、画舫、戏船等各种多姿多彩的舟船参与传统节日的喜庆活动，而在这些船上演奏乐器、扮演戏文、清唱小曲等的则大多是南湖船娘。在嘉兴船文化中，南湖船娘是一个重要部分。《申报》上曾有一篇专写南湖船娘的文章，文中写道："（船娘）在二十岁左右的较多数……船娘的服饰是统一的，样子倒还雅洁，一件白色的短衫，一条黑色的长裤，这种黑白分明的打扮，在那湖光水色的衬托下，伊们是更显得妩媚，更显得健美了。……一艘游船，总是一个摇船的老妈和一个年轻的船娘……只要人们走近南湖之滨，那么就会有许多娇滴滴的声音追随在人们的背后，殷勤地兜揽着生意：客人，坐船伐？烟雨楼去伐？"这是老嘉兴特色鲜明的一道亮丽风景。想必当年唐兰与朱瘦竹也在春波门狮子汇渡口登上游船，前去畅游南湖烟雨楼。

乾隆帝六下江南，八次登临的烟雨楼中有大量的名人碑刻。"御碑亭"乃乾隆御笔，宝梅亭内有吴镇风竹刻石及许瑶光所书"嘉禾八景"碑、董其昌的"鱼乐国"碑、冀应龙的"烟雨楼"三个大字碑，还有吴昌硕、米芾的真迹碑刻……均保存完好。自幼喜爱临帖习字的唐兰，在与朱瘦竹结伴畅游南湖时，除了欣赏湖光水色，更是受到这烟雨楼台上众多古人的书法碑刻的吸引。

三、坚持自学国学

"雀墓寻陶""鸳湖放棹""茗饮南乡"的唐兰坚持不懈地自学国学经典。随着年岁增长，见识广博，他从少年时代的博览群书，转向开始选择专门学术书籍研读，为日后"笔耕北国"打下牢固坚实的基础。

在长期的自学中，他觉得自学是治学的一种方法。靠自己用功学习取得成绩，跟学有师承地进学校或拜师学习，各有千秋，应一分为二来看。自学可能要多走些弯路，但少受传统观念的束缚，依傍少，门户之见也少。自学者往往独学无友，且孤陋寡闻，自我封闭。师承容易学到过硬的基本功，但又往往会将老师的长处和短处都接受过来，譬如在向陈仲南先生学医时，学习了老师的望、切，却疏忽了听（陈仲南因失聪，以望、切为诊断手段）；在医书写作时，注重了老师的见解，却忽略了独立思考。在认识到这一点之后，唐兰认为有志于一门学科的研究，要想在前辈的基础上继续前进，取得更多更新的成就，首先要在学习和总结前辈经验和业绩的基础上勇于创新。因此，必须掌握正确的治学方法，无论自学还是师承，应该言必有据，据必有信，反对空谈。搜集材料、整理材料、分析归纳材料，并使之成为研究过程中不可缺少的步骤，这种实事求是的治学态度和方法，是唐兰在长期刻苦的自学中摸索形成的。而这种从搜集材料入手，材料先于观点，事实先于结论的方法，与唯物主义认识论的精神是相吻合的。

1919年，五四爱国运动爆发。消息传到嘉兴，"禾邑各校学生举行学生大会，随处演说，各界对于日货均不购用。商业学校三年级学生特于每日散学后将油印白话通告随处分送并分头讲演，俾人民有所感动，又将白纸条写'劝诸君不购日货'等字样遍贴通街，商界亦拟不进日货"。"嘉兴中等以上各学校因北京学生进行罢课后，上海、杭州各校亦有继起之消息，故特决议拟派人赴杭接洽后再行决议进止方针。""嘉兴自商界方面决定不进日货后，腌腊、布业等已定规约互相遵守，南北货及纱庄等亦于昨日先后邀集同行筹议抵制方法，余若洋广货、铜锡业亦将继起抵制……""嘉兴秀州书院、第二中学校学生以和会签字之山东问题，于昨日（三十日）下午游行，自北大街出北门走塘湾街，经端平桥由西河街进城门至集街而散。……是日雷雨如注，各学生并不穿着革履，亦不用伞，冒雨而行，致鞋袜衣服为之尽湿，并沿途讲演，各界咸敬服其爱国之热忱也。"

唐兰怀着热切的心情关注着这场席卷全国的学生爱国运动，同时目睹了社会上种种丑恶现象，对时疫流行、灾荒严重、官吏腐败、赋税沉重而导致的民不聊生，对百姓因贫、因病惨死感到深切同情。他在医院行医时，不断听到前来求诊的乡亲们痛苦的哭诉，心情十分沉重，晚上灯下苦读时常常掩卷沉思。

他在五四运动的感召下，有了投身国民革命的思想。他经范古农先生介绍，曾赴上海投奔孙中山先生，但未能成功。

唐兰的景兰医院，这时已经获官厅考核核准。在嘉兴疫病盛行之际，一些从医的畏忌传染，宣告停诊，而他却不然。面对贫苦病人求诊，他从不冷漠推诿，从不置之不理，而是一视同仁，细心给予诊疗施药，力求治愈。然而他毕竟是寒门医生，势单力薄，面对众多渴望得到施救施治的病人，即使舍弃所有也诚如杯水车薪。况且治好了病的贫民，仍然生活在贫困之中。他们的出路何在？国家兴亡，匹夫有责。当时救国的口号层出不穷，有"科学救国""实业救国""教育救国"等。唐兰自幼受儒家思想的影响，书生气十足。他认为读书人救国就应以教育为己任，通过教育宣扬民族自强，宣传爱国思想，培养青年一代，提高国民素质，清除社会弊端，反对贪污腐败，从而改造社会，抵御外敌。

五四运动之后，以提倡新文化闻名的胡适大力主张"整理国故"，宣传"中国办大学，国学是主要的"办学方向。由于胡适的提倡，研究国学之风弥漫全国。国立大学、私立大学以及与教会有关的大学，无不办起了国学院系。北京大学研究所设有国学门，中国大学设有国学系，厦门大学设有国学院，而开办最早且最具影响的是1920年由唐文治先生创办的无锡国学专修学馆、1922年北大开办的四门学科研究所之一——最耀眼的国学门、1923年后清华兴办的国学研究院。这三家国学研究机构乃是中国现代研究和培养国学专门人才的重要基地。

鸦片战争之后，中西文明发生碰撞，中国近现代文化建设无可避免地担负起双重使命。其一，梳理和探究西方文明的根源及脉络，已成为理解并提升自身要义的举措；其二，整理和传承中华文明的传统，更是实现并弘扬自身价值的根本。二者的结合乃是塑造现代中国文化的必由之路，因此，不论"全盘西化"，反对"整理国故"，还是因循守旧、封建闭塞，反对新思想、新文化，均不符合中国的国情。

钱穆在《国学概论》弁言中论述："国学一名……其范围所及，何者应列为国学，何者则否，实难判别。"国学乃是近代思潮之产物，国学之概念亦是经历几次变迁，最后被五四学人确定下来的。

唐兰认为，国学在经历民族之苦难、国家之覆灭、道德之沦丧、意志之消沉之后，重新被五四学人提倡，其意义盘结多重，难有定论。国学是中国传统学术，它不仅仅限于北大教授黄侃先生所说"八部书外皆狗屁"中的八部书（即《毛诗》《左传》《周礼》《说文》《广韵》《史记》《汉书》《文选》），还应该在继承中国传统文化的基础上注重新学科的开拓和突破，如近代新兴的甲骨文学、金文学，以及由此而引发的对中国古文字学、古代史学的分国断代，甚至对古代地理等的重新认定和补充，才是国学研究的正确方向。

唐兰在自学时读到鲁迅先生所写的《热风·不懂的音译》，文中说："中国有一部《流沙坠简》，印了将近十年了。要谈国学，那才可以算一种研究国学的书。开首有一篇长序，是王国维先生作的。要谈国学，他才可以算一个研究国学的人物。"鲁迅对罗振玉、王国维合作的《流沙坠简》做出了很高的评价。正是因为鲁迅先生对《流沙坠简》这部书及王国维先生这个人评价很高，所以唐兰认为要"算一个研究国学的人物"，必须学习王国维先生治学的态度和方法；要"算一种研究国学的书"，必须如同《流沙坠简》一样，能用出土文物结合古籍加以考释而研究出新的成果。

而这种学术研究，需要研究者埋首于浩瀚如海、堆积如山的古书籍、古文物之中，这是一条不求闻达于世的艰苦的治学之路。

唐兰认定了这条道路，开始迈出了他自信而坚定的步伐。这是他人难以做出的抉择。

第四章
CHAPTER 4

尽弃所业，就学无锡

一、独上高楼，望尽天涯路

王国维 1906 年在《教育世界》杂志上发表的《文学小言》中有一节文字，与《人间词话》大体相同。他写道："古今之成大事业大学问者，不可不历三种阶段：'昨夜西风凋碧树，独上高楼，望尽天涯路'，此第一阶段也；'衣带渐宽终不悔，为伊消得人憔悴'，此第二阶段也；'众里寻他千百度，蓦然回首，那人却在灯火阑珊处'，此第三阶段也。"[1]

唐兰在《殷虚文字记》自序中说："余治古文字学，始于民国八年。"他博览群书，为"成大事业大学问者"，为"学富五车"、博采众长，打下扎实的基础。但从 1919 年开始，他在博学的基础上，较系统地自学了汉代许慎的《说文解字》和清代乾嘉学派段玉裁的《说文解字注》。

研究古文字，仅依靠自学，很难无师自通，更难以有所成

---

① 陈鸿祥：《独上高楼：王国维传》，北京：团结出版社，2019 年，第 179 页。

就。王国维"以兼通世界之学术,光大中国之文化的实绩,成为 20 年代清华研究院这座学术重镇的大师,有世界性影响的巨子"。[①] 他虽是以自学为主成为国学大师的,但他有得天独厚的条件:有精通儒业、学而优则仕的父亲王乃誉"口授指划"。乃誉公因自己孤贫苦学的经历,倍感"求才难,而欲望子弟才过其父尤难",他"深夜不辍"认真"课子"。当然,除了"庭训"之外,乃誉公也非常关心私塾里的教学,因为这是"习举子业"的主要课堂。王国维 16 岁考中秀才,但以后五年两次赴杭州乡试"止科"均告失败,未能中举。这位落第秀才,只能在家自学。孤贫苦学使王国维养成内向孤僻的性格,他 22 岁挑着行李铺盖卷,在父亲的带领陪护下走进上海《时务报》时,给人的第一印象便是"'性讷纯,寡言笑',既不喜应酬亦不赶时髦,无'趣味话'"。[②] 后来进入东文学社学习日语,情况才稍有改善。

唐兰无此幸运,他的父亲忙于水果生意,无暇辅导、督促儿子的学业。学商、学医都与国学无关,他全凭自己的兴趣爱好,走上刻苦自学国学之路。

但他有王国维缺失的母爱,唐兰的慈母时刻关心着儿子的成长。因为科举废止,唐兰失去了学而优则仕的仕进之路,她为十年寒窗苦读的儿子前途迷茫而发愁。她知道儿子不喜欢经商行医,她知道儿子志存高远,如何才能使高远的志向得以实现?她认为"唯有读书高",要进学校深造,而不是在家自学。学校有老师授课,可解疑释惑;有同学互助,可讨论切磋;还有文凭学历,可在社会上谋事立足。望着日渐长大的儿子白天悬壶济世,晚

---

① 陈鸿祥:《独上高楼:王国维传》,第 25 页。

② 海宁市史志办公室编:《王乃誉日记》(影印本),北京:中华书局,2014 年,第 839 页。

上灯下苦读，还要为母亲煎熬汤药，她心中常怀不能苦了孩子，千万不能耽误孩子前程之念。她希望唐兰能走进一所心仪的学校，希望唐兰的朋友、同学不时来访，以解唐兰的孤独。所以每当有唐兰的同学如朱瘦竹等人找上门来时，唐母总是热情款待，让儿子有"雀墓寻陶""鸳湖放棹""茗饮南乡"的乐趣。她还多方打听，设法让儿子再次进学。①

青年唐兰在慈母的关爱下，出落得英姿勃发，相貌堂堂，精神饱满，一表人才。他中等身材，身体壮硕，五官端正，大脑袋上长着一头略微卷曲的黑发，正如嘉兴人说的"矮墩墩，胖乎乎"的敦厚模样，给人以忠厚实诚、阳光乐观的印象。②他善交际，喜应酬，与朋友相处吟诗唱歌，常开怀笑谈，不拘小节。他的性格、言行与王国维有着很大的差别，却并不影响日后两人密切交往时的亦师亦友之情。

看见儿子与同学相处时笑逐颜开，唐母甚感欣慰，她喜欢儿子笑颜常开，不愿看到儿子愁眉苦脸。但是，在寒窗苦读中寻觅出路的唐兰，总是有一种路在何方的愁滋味涌上心头，使他不得开心颜。

终于，一位不速之客来到景兰医院。唐兰母子因他的到来一扫愁云，拨开迷雾，看到了一条能使唐兰高远志向得以实现的康庄大道。当唐兰艰难抉择人生道路的时候，从上海传来了保送他去无锡国专就学的好消息。带来这个好消息的王蘧常受到了唐兰母子盛情款待。

唐兰和王蘧常是同时被沈曾植先生推荐和保举给唐文治先生

① 据说唐母曾将唐兰撰写的文稿托人转交给范古农、沈曾植，使他们了解唐兰的学识志向。

② 笔者无缘拜识唐兰先生，对其相貌的描述系依据唐巽年君，据称巽年酷肖其伯父。

的。他俩与考入"无锡国专"的吴其昌，被称为"国专三杰"。沈曾植先生晚年这一大公无私之举，造就了中国当代两位著名人物：唐兰成为当代国学大师、故宫学者，王蘧常则是当代著名书法家和复旦大学名教授。

无锡国专首届招生 24 名，年龄不拘，资助食宿。广告一出，投考者竟有 1500 人之众，还有许多头发花白的长者，可见唐文治先生在学界的声望之高。

唐兰在被无锡国专录取之后，唐母决心用自己的积蓄资助儿子完成学业。[①] 他关闭了景兰医院，告别慈母。"民国九年冬，尽弃所业，就学无锡。"唐兰在《天壤阁甲骨文存并考释》的自序中如是说。

当年，王国维入上海《时务报》任校对时，他的学历相当于初中，唐兰入无锡国专时的学历也相当于初中。但他们在家自学所获得的学识早已远超一般的大学毕业生，只是他们的学识尚未被社会主流认可和肯定。他们需要得到被这个主流社会认可和肯定的一所教学机构的一纸毕业文书，方能在社会上有所作为。显而易见，无锡国专和东文学社，对唐兰和王国维这两位国学大师登上国学这座高楼起到了不可缺失的重要台阶作用。

古往今来，任何时代，对学人而言，学历和文凭都是不可或缺的，正像当今做了博士生导师的理应要有顶博士帽，这才算是名正言顺，才算是"正途"。

---

① 唐兰致同学吴云阁信中有言："弟生平所受磨折，十倍于兄，即现在亦无法可办。家君年已六旬，犹博锱铢于肆，家母生平所蓄，尽为弟耗。舍无应门之童，身处千里之外，既无亲故，又无家室。"参见唐兰：《致吴芸阁》，《唐兰全集 12：书信·诗词·附录》，上海：上海古籍出版社，2015 年，第 20 页。

1920 年末，正当寒冬腊月，唐兰在塘湾街轮船码头登上去无锡的快班轮船。当时，嘉兴水上船运业较发达，南来北往，船只如梭，有手摇船和机动船两种，机动轮船亦称快班船。沪杭、沪宁虽已通火车，嘉兴可经上海、苏州抵达无锡，但乘船沿运河北上经苏州到无锡，比火车绕道上海更近些，更省钱些，也更便捷些。他向站在码头上送行的父母亲挥手告别，离开嘉兴，时年20 岁。

与从盐官乘船至上海就业的王国维相比，出远门不需父亲陪护的唐兰，更具独立的生活自理之能力。

二、良师益友，相得益彰

1920 年，著名教育家唐文治创办无锡国学专修馆，初在惠山，后迁至学前街文庙尊经阁，抗日战争爆发后迁校广西桂林，30 年代末在上海复校。无锡国学专修馆 1929 年改名为无锡国学专修学校，1949 年改名中国文学院，1950 年并入苏南文化教育学院。1952 年，苏南文化教育学院和东吴大学、江南大学数理学院合并，在东吴大学旧址建立苏南师范学院，同年改名为江苏师范学院，1982 年改名苏州大学。该校一直保持着注重我国传统文化的教学和研究的优良传统，堪称我国 20 世纪上半叶培养国学精英的摇篮。

唐文治（1865—1954），字蔚之，晚号茹经，原籍太仓，早年定居无锡。光绪进士，官户部主事，后任农工商部左侍郎署理尚书（只在任一个月），告丁忧回籍。光绪三十三年（1907）接任上海南洋大学（上海交通大学和西安交通大学的前身）监督，主持校务，兼任江苏省教育会会长、江苏省地方自治总理等职。1920 年，无锡士绅施省之、陆勤之等捐资建立无锡国学专修馆，近代教育家、国学大师唐文治就任馆长。无锡国学专修馆在上海复校时，唐文治抱病，教务长王蘧常仔肩独任，在艰难的环境中维系国学的教育。

唐文治是黄以周、王先谦的门生，早年曾赴欧洲、美国、日本做过考察，是那个时代兼具国学与西学修养的学者。他所创立的无锡国学专修馆是一所专门研习中国古代经典文献的高等学校。他亲自授课，注重培养学生自主研究的能力，课业中往往以经典内容命题作文，考查学生的认识和表述能力。

无锡国学专修馆创立在五四新文化运动之后，其"保存国粹、整理国故"的办学宗旨显而易见。从历史的眼光审视、评价，无锡国学专修馆为北京大学、清华大学日后成立国学研究所（院）奠定了人才和思想基础，真可谓有敢为天下先的气概，起到了承前启后的示范作用。

私立的无锡国专和公立的清华大学国学研究院、北京大学"国学门"成了培养国学研究人才的三大基地，为中国传统文化铸造出许多研究人才。活跃于学术界的顶尖级大师学者，不是出身清华、北大，便是出身无锡国专，如"国专三杰"的唐兰、王蘧常、吴其昌，都在不同的国学领域做出了卓越的贡献。

1920 年唐兰入无锡国专求学时，根据唐文治先生的要求，不仅要广读经史子集，还要掌握音韵训诂、文献目录等基本功。唐兰和王蘧常、吴其昌等同学，在唐文治先生的推荐下，还被选派到苏州大儒曹元弼先生处学习《仪礼》《孝经》等群经。

在无锡国学专修馆的礼堂中有一联语："为天地立心，为生民立命，为往圣继绝学，为万世开太平。"这句话深刻而多方面地影响着唐兰正直、坚毅品格的铸成。

该校保存下来十余篇唐兰在校的论文作业，每篇论文均有篇后评语，如《拟刻十三经读本序》有"文径清澈，渊思入微，一变平日之面貌，可谓聪颖绝伦"的评语；《经正则庶民兴说》有"造语如子，成一家言"的评语；《读乾坤二卦背后》有"发挥精详，学者之文"的评语；《淫诗辩》有"义正词辩，力大笔雄，吾于此文，益信师直为壮"的评语；《谈经拟枝乘七发》有"志大学博，充而学之，他日之经师也"的评语等。唐文治等授课指导老师评价唐兰写的论文冠盖群生，无不视之为难得人才，"成一家言"的"他日之经师也"。这十余篇论文刊载于《无锡国学专修馆文集·甲编》《无锡国学专修馆文集·初集》（《初集》存量较多，国家图书馆亦有，《甲编》只有苏州大学图书馆可见），这是唐兰早期课堂作业的汇编，异常珍贵。[①]

求学三年，唐兰对传统"小学"典籍和传世经典文献做了大量阅读和深入研究，开始走上将古文字资料与传统文献对照研究的治学道路。他在《天壤阁甲骨文存并考释》自序中写道："余由是发愤治小学，渐及群经。居锡三年，成《说文注》四卷，《卦变发微》《礼经注笺》《孝经郑注正义》《栋宇考》《阃阈考》各一卷。严可均、王筠之治《说文》多援引彝铭，余作注亦颇采用吴氏之《古籀补》，因渐留意于款识之学。及读孙诒让之《古籀拾遗》及《名原》，见其分析偏旁，精密过于前人，大好之，为《古籀通释》二卷，《款识文字考》一卷……"

---

① 唐兰：《拟刻十三经读本序》，《唐兰全集 1：论文集上编一（1923—1934）》，上海：上海古籍出版社，2015年，第7—43页。

序中所说的早年著述大都没有保存下来，仅《说文注》四卷中残存的两卷保存至今，是《说文解字》第一卷全部和第二卷一部分的注释。唐兰《说文注》分"校勘""集解""音韵""转音""附录""发明"等项。"校勘"利用《说文解字》各本和经传、字书、韵书等进行比勘；"集解"依训释、字形分析、引书等内容做综合研究；"音韵"和"转音"主要收集韵文和音训资料；"附录"收集排比古文字字形；"发明"则专收新见与需要重点讨论的内容。仅注释《说文解字》这一卷半，就写了18万字，可见其全书设计规模之大和用力之深。[①]

唐兰求学期间，初识甲骨文，遂集罗振玉的考释，依《说文解字》体例编次，并有所订正，寄书罗氏，获得称许。

罗振玉（1866—1940），江苏淮安人，祖籍浙江上虞。字叔言，号雪堂。16岁考中秀才，以后两次乡试落榜，在乡间做塾师。1896年，在上海与人合作办农学社，搜集和翻译外国农学著作，次年创刊《农学报》。1898年，创办东文学社。1900年，应湖广总督张之洞的聘请，任湖北农务局总理兼农务学堂监督。1902年，任南洋大学虹口分校校长。1903年冬，应邀入两广总督岑春煊幕中参议学务。1904年夏，受江苏巡抚端方委任，创办江苏师范学堂，任监督。1906年，奉召入京，任学部二等咨议官。1909年，补参事官兼京师大学堂农科监督。辛亥革命后逃往日本。在日本期间，他利用自己的收藏，先后著写《殷虚书契前编》《殷虚书契后编》《殷虚书契录》等书，并由王国维协助，撰成《殷虚书契考释》和《流沙坠简考释》等著作。罗振玉思想顽固守旧，主张恪守

---

① 唐兰：《拟刻十三经读本序》，《唐兰全集1：论文集上编一（1923—1934）》，第7—43页。

旧制，反对任何改革。1919 年春，罗振玉从日本回国，住天津。1924 年，奉清废帝溥仪召，入直南书房，与王国维一起检点宫中器物。同年 11 月，溥仪被冯玉祥驱逐出宫，罗振玉即策划溥仪从醇王府出走，并护送其到日本使馆，继在日方庇护下又把溥仪秘密送到天津，住在日租界"张园"，被委为"顾问"。九一八事变后，又积极参与制造伪满洲国的活动，曾任伪满洲国监察院院长等职。1937 年 6 月退休，1940 年病逝于旅顺。

罗振玉思想顽固不化，但在学术上颇有成就。他搜集和整理甲骨、铜器、简牍、档案（此为罗最大贡献）、佚书等考古资料，对甲骨文、金文及考古方面有独到的见解。我国近代史上简牍研究以罗振玉、王国维为最早。在罗振玉、王国维之前，甲骨文研究虽有孙诒让，但真正揭开甲骨文研究大幕的还是罗、王二人。

在无锡，唐兰凭着天资聪颖的灵气，善于发现，掌握并运用科学的学习方法。他指出："为学当有先后轻重。凡人为学，自有规矩法度，旁人固无以助其巧也。"又指出，治学须有本有末，若根底不深，须先培其本。正因为如此，唐兰学业进步神速。学习期间，"取罗氏所释，依《说文》编次之"；对罗振玉、王国维的《流沙坠简考释》和《殷虚书契考释》，"颇有订正"，并写信给罗振玉，"驰书叩所疑"，竟"大获称许"。

罗振玉写信给在上海的王国维，王国维获悉此事后惊喜不已。他想起沈曾植先生曾赞誉过此生。"后生可畏啊！可喜啊！"王国维在自言自语中收起了信笺。于是唐兰与王国维之间有了书信往来。

三、抵掌而谈，遂至竟日

唐兰从 1922 年始，每道出上海，必访教于王国维，得到王国维的悉心指导和帮助。王国维去世后，他在《将来月刊》上公布了王国维在 1922—1925 年写给他的八通书信。信中内容以讨论音韵、彝铭、金文历法和古籍为主，王国维对青年唐兰的治学志向和古文字学识多有肯定。王国维曾云："今世弱冠治古文字学者，余所见得四人焉，曰嘉兴唐立庵友兰……立庵孤学，于书无所不窥，尝据古书古器以校《说文解字》。"

1916 年，王国维从日本回国，经同乡好友邹安介绍到上海为犹太富商哈同编辑《学术》杂志。此后，罗振玉、王国维的著述多在《学术》和《艺术》两种丛刊上发表。王国维负责主编《学术》，邹安主编《艺术》。此间，王国维先借住在朋友樊少泉家，不久迁居上海大通路吴兴里的三楼底层。在哈同门下谋生的王国维生活却很拮据，他一再托人找一份差事以增加收入。有朋友看重他的学问，举荐他替蒋汝藻编藏书目，还为他谋得为沈曾植主持的"浙江通志"编书的差事。在此期间，他与沈曾植先生等清代名流过往甚密。

王国维在上海七八年的清苦生活中完成了很多著名的著作，"国学大师"的称誉由此日盛。1922 年 8 月初，王国维收到了无锡国学专修馆学子唐兰的来信。因此前他已经收到好友罗振玉先生的推荐，故不觉意外，却非常重视。他赶忙回信，即第一封给唐兰的书信。此信写于 1922 年 8 月 15 日。信中写道："先治小学，甚佩甚佩。雪堂来书亦甚相推服，并有书籍相赠。唐写本《切韵》系弟录本，乃京师友人集资印之，以代传写，敝处尚有之，亦候尊驾过沪时奉呈。"[1]

收到此信后，已经安排暑假留校看书的唐兰马上登上了回嘉兴的火车，中途在上海下车后即专程赶往离上海北火车站不远的大通路王国维寓所。

当唐兰手提一竹编网篮水果站在王先生家的一间小厢房（书房"尚明轩"）[2]里，面对仰慕已久的国学大师时，他虽然已有思想准备，但也不觉暗吃一惊。房间窄小，光线暗淡，室内一桌二椅三书柜，极其简陋。桌椅框上都堆满了图书、报纸、杂志，人几乎被包围在故纸堆中。王国维先生脑后拖着一条长辫子，身穿深色士林蓝布长衫，看见有客人来访便站起身来，迎上前一步。清癯的才子型脸，上唇留着浓密的胡须，鼻梁上架着一副金丝边眼镜，镜框内射出两道深沉的目光。王国维端详着来客，缓缓叫了一声"立庵兄"，慢慢地伸出手来。

唐兰正值青春年少，他中等身材，穿一件棉布长衫，脚蹬黑色布鞋，圆鼓鼓的脸上一双清澈明亮的眼睛流露出兴奋和喜悦的心情。他长揖致礼，谦恭地喊了一声"先生"，又将水果篮递上，说："不成敬意，打扰先生了。"他握住了王国维伸过来的手，心中窃喜，认为此人可交也。

唐兰和王国维，后者阴沉、内向、"寡言"、"无趣"，前者阳光、开朗、健谈、风趣。他俩虽然年龄、学识、性格、名望等方面相去甚远，但却显得十分投缘，两人一见如故，一拍即合。精

---

① 唐兰：《致王国维》，《唐兰全集12：书信·诗词·附录》，第13页。

② 1916年3月21日，王国维夫人潘氏带着子女、仆人从海宁盐官老家来上海，全家迁进上海大通路吴兴里392号一幢石库门楼房的三楼底层。人多房少，王国维另有一间小厢房作书房用，他自题其书房为"尚明轩"。

通医卜星相、奇门遁甲的唐兰善于看相，他认为按照阴阳、乾坤互补的说法，他们二人正是乾卦阳刚，坤卦阴柔，乾天坤地，是绝佳的组合。尤其是一个说"海宁官话"，一个说"嘉兴官话"，互相感到乡音亲切。两人谦让着坐定之后，就着清茶一杯，竟"抵掌而谈，遂至竟日"。

两人长谈的内容，从王国维先生于同年 9 月 21 日致唐兰的信中可窥一斑："所询诸书，则《字镜》有古佚丛书本，《倭名类抄》有杨星吾刊本。丛书本不能零售，杨本亦不易即得。《切韵》《唐韵》其价值仍在音韵学上，而不在所引古书，不知兄以为如何。"

可见这是一次有关古文字学、古佚丛书及音韵学等方面的范围广泛的学术性切磋和研讨。通过这次长谈，两人从神交已久，变成了亦师亦友的经常通信和往来的关系。王国维先生于 1923 年 2 月 14 日致唐兰的信中写道："承校《生魄考》误字，甚感，近刻《集林》于'六月乙亥朔'业已校正。其'壬丑'当作'乙丑'，则校对未觉其误，承示乃知之，惜已铸版，无从追改矣。承教以生魄中疑义七条，读之至为愉快……以后，兄有所见希时时见示，于彼此均有裨益。"[1] 从信中可以看出，他对唐兰这位后起之秀已经相当赏识了，完全没有了初次通信时所流露的客套。

唐兰居锡三年，从师唐文治，与国学大师王国维切磋学术于沪上，交流心得于书函，身边又有同乡王蘧常、吴其昌两位同窗相伴，真可谓是良师益友，相得益彰。

---

[1] 唐兰：《致王国维》，《唐兰全集 12：书信·诗词·附录》，第 13 页。

四、意气风发，"王奇唐怪"

"国专三杰"中，唐兰在1923年末的毕业考试中获第一，时称"国专三杰"之首，唐文治先生以大洋五百元褒奖了这位国学专修馆的"状元"；① 王蘧常留校后任教务长，20世纪50年代初院校合并后，入复旦大学，在哲学系任教，著述宏富；② 吴其昌于1925年8月考入清华国学研究院，在导师王国维门下做研究生。王国维曾于1925年8月1日致信唐兰，提及此事："贵友□君□□事，昨已与当局者商，云：'现已考毕，所取学生名单亦于今日发表，碍难再得补考。'自系实情，望转致□君为荷，此次吴君其昌考取第三，昨阅名单始知之（阅卷用糊名法）并以奉闻。"③

唐兰在国学专修馆的同届同学中，除吴其昌外，吴宝凌、侯堮、刘盼遂等均在国专毕业后考入清华大学国学研究院，成为王国维、梁启超等导师的研究生。他们与唐兰都保持着学术研究等方面的联系。

在无锡国专时，唐兰与王蘧常已小有名气。有人在《申报》上撰文，称他们为"王奇唐怪"。民国二十六年（1937）4月5日，《申

---

① 到底谁为无锡国专"三杰"之首，即毕业时的第一名，说法不一。有人主张以王蘧常为首，但唐兰在无锡国专毕业时获得五百银元的奖励是有史料为证的，获此奖金者为第一名。

② 王蘧常尤以章草书法闻名于世。日本人称他是王羲之以来的又一位书圣，评价非常之高。王蘧常在1989年过完九秩华诞后，便遽然仙逝。唐兰和王蘧常这二位经沈曾植先生保送至无锡国专的嘉兴籍国学大师、文化巨匠，十年间先后离开了人世。

③ 吴其昌（1904—1944），浙江海宁县硖石镇人。1923年，吴其昌从无锡国学专修馆毕业后即赴广西，任容里中学国文教员，后转至天津周学熙家做西席。1925年，入清华国学研究院深造。以"宋代学术史"为研究题目，列于梁启超门墙。于专题研究之外，吴其昌也选修了王国维先后开设的"古史新征""尚书""吉金文字"等课程。王蘧常曾为其无锡国专老同学吴其昌作《吴其昌传》，纪念这位英年早逝的同学。

报·春秋栏》刊登了一篇署名"士"的文章——《王奇唐怪》，讲述唐兰（景兰）与王遽常（瑗仲）在无锡国专读书时"少年淘气"的奇怪行为和独特嗜好，对唐兰着墨尤多。文中写道："他们都是嘉兴人，从小在一起，少年时非常淘气，现在居然大家是大学的名教授了。尤其是唐氏，很有龚定庵的风味。几个月不洗脸，几个年头不洗澡，胡子养得长长的，后来不晓得怎样，头面都蒙住了黑气，一块一块的怪难看，他却依然如故。有人劝他洗刷，他说天生黑于予，洗刷其如予乎。平时喜穿马褂，大热天也是如此。有一天逢着大雨，黑色全褪在白衫上，染成一件黑马褂，他爽性把马褂脱掉，依然长揖公卿，行所无事。他援学问，无所不通，就是医卜星相、奇门遁甲，也能够谈谈，真是怪极了。王氏常笑他是异端。王氏喜欢着西装，谈阳明学，唐氏又笑他洋八股。他们同在无锡读书的时候，常常登山临水。有一天雅兴大发，在热闹的街市上，公然大唱杜工部的诗歌。路人都疑心他们是疯子，同行的人多溜走了，但是他们还是旁若无人。他们都喜欢写古字，往来的信札，都写龟甲文或钟鼎文。有人笑他们不通，他们亦满不在乎。王氏白天里，常常合着眼。跟不相干、不合意的人谈话，总是呼呼地睡去；只有跟唐氏谈天说地，可以好多夜不睡。他们举动离奇到如此，无怪他们的乡人说他们是王奇唐怪了。"

文中的唐兰一是不修边幅，二是无所不通，三是爱好狂吟，四是喜写古字，就这四条而言倒也符合实际；至于文中所述不洗脸、不洗澡、不理发等，则夸大其词了。唐兰专注于学术研究、论文书写、作业功课，无分昼夜，废寝忘食，物我两忘，哪有余暇去修饰打扮。不经常理发修面，这是常态，至于脸黑如墨而染黑白衫，那就是传说了。

第五章
CHAPTER 5

诗人之名，饮誉津门

一、仿写和研究《唐韵》，一展雄才

唐兰在无锡国学专修馆毕业之后，曾短时间在无锡中学做国文教员。1924 年 4 月初，经罗振玉推荐至天津周学熙公馆开席授教其二子，时年 24 岁。

在何地立足立业，唐兰认为这是个重要的问题。京津之地有多种好处，一是帝王定都历史悠久，高等学府称雄全国；二是典籍古器繁多，文化底蕴丰厚；三是学界名流荟萃，且罗振玉、王国维两位大师均在京津，可以就近切磋。于是唐兰果断地做了决定：辞去无锡的教职，北上天津，应聘做周学熙家的家庭教师。

王国维获悉唐兰北上消息后，于 1924 年 4 月 11 日致信唐兰："闻大驾北来，甚为欣喜；五月中有京师之游，尤所欢迎，相见畅谈一切。"

周学熙（1866—1947），字缉之，别号止庵，安徽建德（今东至）人。先后入直隶银圆局，创办工艺局，任长芦盐运使，开办滦州煤矿公司，任直隶按察使、工商部丞参。袁世凯窃国后，于 1912 年、1915 年两次任财政总长等职，后致力于实业，成为华北著名的实业家。

周学熙对报业亦很感兴趣，家中收藏古版书籍、古玩器物颇多，因而需要一位有真才实学的学者帮他办报和整理古书古器。他接受好友罗振玉的推荐，礼聘唐兰以家庭教师之职。周学熙得唐兰之才，非常满意，遂委托其主编《将来月刊》及《商报·文学周刊》，并整理藏书。

在这期间，唐兰不负罗振玉之重托，干了一件震动当时学界、利在后代学人的大好事：他摹写了唐人写本《切韵》。唐兰依据唐朝龙兴年间信安县县尉王仁昫撰写、江夏县主簿裴务齐修订的正字本《刊谬补缺切韵》仿写的《切韵》，达到行款、字体一依原本的标准，也就是说唐兰仿写得与原本一模一样，如同照相、复印，这真是出神入化、空前绝后之真功夫，无与伦比的真本领。他不是抄写而是仿写，即按照原样一个字一个字地摹写，如同临帖。仿写数万字，难度可想而知。

这本《切韵》"凡六万四千四百廿三言"，加上《长孙序》共近十万字。唐兰一笔一画地照原本仿写，大字小字一笔不苟，排列有序，一依原样，历时年余，终于在 1925 年 9 月由延光室影印出版，成为至今音韵学研究不可或缺的重要文献。

在这一年多一点的时间内，他除了为周家开席授教之外，就是伏案仿写，废寝忘食，无分昼夜。他确实没有时间去理发、洗澡，成了真正物我两忘、不修边幅的"唐怪"。

王国维 1925 年 8 月 1 日致唐兰信中云："王仁昫《切韵》闻已写就大半，尚有少许未就，弟亟盼此书之出，几于望眼欲穿，祈早蒇此事，实为功德。"王国维"望眼欲穿"地"亟盼此书之出"，代表着当时学界的心声，因为这件被称为"稀世之宝"的唐本《切韵》藏于清宫大内，学人但闻其名难见真容。罗振玉将唐本携带出宫请唐兰仿写，真是找对了人。唐兰有真本领，肯下苦功夫，他不负重托，完成仿写，影印出版，使该书成为学界学人研究的蓝本。唐兰此举，正如王国维信中所言，"实为功德"！

故宫博物院青年学者杨安在整理唐兰仿写的《切韵》并将之编入《唐兰全集》时，写有"整理说明"，其中写道：

唐兰先生仿写唐人写本《内府藏唐写本刊谬补缺切韵》于一九二五年九月由延光室影印出版。二〇〇二年上海古籍出版社编辑《续修四库全书》其"经部小学类"第二百五十册编入南京图书馆所藏此书，上有南京图书馆和北京大学图书馆藏书印，共百页，是为本次重印之底本。

该唐写本《切韵》有项子京明万历十年跋，原藏清宫，曾收入《石渠宝笈初编》，称其为《唐吴彩鸾书唐韵》。原系素笺乌丝阑本"龙鳞装"，后改装为册页，现藏台北故宫博物院，全一册，分五卷，前三卷有残缺，后两卷完整。台北故宫（博物院）编《晋唐法书名迹》收录此册，并有图文介绍。

此本《切韵》，音韵学界俗称其为"王二"，《北京大学文史丛刊》第五种《十韵汇编》中所用"王二"一栏中的文字，即用唐先生所作仿写本。

据唐先生考证，本书可题名为《裴务齐正字本刊谬补缺切韵》，它与《王仁昫刊谬补缺切韵》并不完全相

45

同，前有长孙序，可能是杂抄《长孙本》与《王仁昫切韵》而成。

　　这次重版此书改题名为《裴务齐正字本刊谬补缺切韵》(秀水唐兰仿写行款字体一依原本)，前置唐先生仿写本，台北故宫(博物院)《唐吴彩鸾书唐韵》之图页附录于后，以参照使用。[①]

　　1947年，《唐写本王仁昫刊谬补阙切韵》一书在北京琉璃厂古玩商处面世。经唐兰动议，于省吾先生积极操作，当时的马叔平院长决定，由故宫博物院收购这一稀世珍宝。之后，在故宫博物院影印出版此书时，唐兰作了《唐写本王仁昫刊谬补缺切韵·跋》，对此书进行了学术上的探索研究和介绍。他论述了王本切韵的年代，并提出"宫、商、角、徵、羽实为韵部。宫者东冬，商者阳唐，角者萧宵，徵者咍灰，羽者鱼虞。……创始者粗疏，故列五部耳"。

　　同时，唐兰在《致陈寅恪书》《郑庠的古韵学说》《论古无复辅音凡来母古读如泥母》《唐写本刊谬补缺切韵·跋》《韵英考》《〈守温韵学残卷〉所题"南梁"考》《论唐末以前韵学家所谓轻重与清浊》《与陆志韦先生论切韵复书》等一组论文中广征博引，论述了"音有楚夏"乃泛指方言，进一步证实切韵乃雅音与诸方言之综合的观点，展示了他对古音韵学的研究和考据的成绩。

　　在唐兰的遗稿中，有一篇写于1946—1947年间致陈寅恪信的底稿，未曾发表，内容是与陈寅恪切磋其《从史实论切韵》一

---

① 杨安:《唐兰全集·裴务齐正字本刊谬补缺切韵·整理说明》，《唐兰全集12：书信·诗词·附录》，第250页。

文中的某些观点。唐兰认为："周以降，载籍所录，汉语史皆有方音之不同。而汉语通语'雅言'的基础方言经历了北方（秦以前）—南方（楚语，汉初）—北京洛、南金陵（六朝至唐初）—北方（唐初以后）的变迁过程。《切韵》是一个折中南北古今音，且所采以南方音为多的综合音系。"该信还从政治因素（定都）和文化心理因素角度探讨了基础方言变迁的原因和表现，是一篇从社会语言学的角度考察汉语音韵的重要作品。

唐兰遗稿中，还有一包与李荣的通信未曾发表。唐兰是西南联大时期李荣的导师之一，通信针对李荣1946年北京大学研究院文科所语学部的毕业论文《切韵音系中的几个问题》所发，就"《切韵》增加字""系联反切十六公式""系联又音""j化声母"等问题提出意见，并从校勘、方言、假借、异文等不同角度进行了论证。从后来李荣所写《切韵音系》一书来看，他对唐兰的意见多有采纳。

在唐兰的遗稿中还有一部作于1945年的《读〈说文〉记》两卷，残存约七万五千字。该书是从音韵学的角度研究《说文解字》，讲古音的演变及与所附反切的关系，从音韵的角度讲文字的孳乳。体例是先引诸家之说于前，再以按语点评诸说得失，并发表自己的见解，实际是一部语言学的著作。这部书他也只写了《说文解字》卷一的上下两篇，没有继续写下去。

唐兰曾在《古文字学导论·自叙》中说："现有的古音韵系统是由周以后古书里的用韵，和《说文》里的谐声凑合起来的，要拿来做上古音的准绳是不够的。"他在《殷虚文字记》中说："壴、鼓、喜、饎四字，今所谓古音系统分属各部，而卜辞时代犹相通用。"他在《殷虚文字二记》一文中，详细地考证了且、宜、俎等字的古音古义在漫长的历史时期中不断演变的曲折过程，不但有力地否定了郭沫若著名的"祖妣生殖崇拜象征说"，而且论定这组字古音本属舌头，与"多"相近，其后才变为齿头正齿之音。他还批评了王国维"俎宜不能合为一字，以声决不同也"的说法，认为这种只要韵部相隔，声即不同的观点是错误的。

他曾多次根据古文字研究实践中遇到的古音韵"特例"，提出音韵学研究应该重视古文字动态分析得出的结论。郭沫若也曾说过："又今人之所谓古音实仅依据周、秦、汉人文之韵读以为说者，周以前之音，茫无可考。周秦以后音有变，则周以前之音，至周亦必有变。余谓其变且必甚剧烈，盖殷周之际礼制之因革颇彰，而文字之损益亦甚著。"

唐兰曾撰有《高本汉音韵学批判》《上古音韵学研究》两部手稿，惜失于"文化大革命"抄家。①他曾痛心地对老友容庚说："弟对身外之物，无所留恋。未发表的手稿近百万言，据说已送造纸厂，有些已无法重作，如《切韵》校定本，没有几年时间是搞不出来的。"他一生对音韵学的研究，因其精通甲骨文字，往往依据当时一般音韵学家并未深入钻研过的新资料立论，具有独特的价值。唐兰为讨论《切韵》性质致陈寅恪先生的信，用钢笔书写于210字格子稿纸上，共56页，这封万余字的信相当于一篇学术论文，是他继1948年发表的《〈守温韵学残卷〉所题"南梁"考》《论唐末以前韵学家所谓轻重和清浊》等论文之后，又一篇研究《切韵》的学术论文。

---

① 高明在《唐立庵先生与中国文字学》中提到："据先生讲，在'文革'抄家时，有《中国文字学下册》《六国铜器》《上古音韵学研究》三本专著稿本丢失在那艰难的岁月。"参见高明：《唐立庵先生与中国文字学》，《唐兰全集12：书信·诗词·附录》，第323—329页。

上述这些遗稿虽未曾发表，但经整理后被收进《唐兰全集》，在学界引起了广泛影响。

唐兰自20世纪20年代中期仿写《切韵》至40年代末，20余年间，一直不间断地关注和研究《切韵》，取得了丰硕的学术成就。此为国内所仅有。

但从现代社会趋于现实应用的实际来看，唐兰、郭沫若在数十年前所批评的存在于上古音韵体系的局限性，至今并未得到彻底的解决，这应该引起音韵学界充分关注。《切韵》等古文字学非经济之学，现已成为冷门绝学，有后继乏人之忧。

二、主编《商报·文学周刊》《将来月刊》

1928年冬，唐兰在整理周家古书、古器的同时，担任《商报·文学周刊》《将来月刊》的主编工作。在1929—1930年间，他在两刊上连续发表自己研究敦煌文献的论文:《敦煌所出汉人书太史公记残简跋》《敦煌石室本唐人选唐诗跋》《唐写本食疗本草残卷跋》《敦煌所出唐人杂曲》《敦煌石室本唐写郑注论语颜渊、子路两篇本残卷跋》等。

早在1897年，匈牙利地质调查所所长洛克奇就以考察地质为名到达敦煌，发现莫高窟时，叹之为世界奇观。1902年，在德国汉堡召开的国际东方学者会议上，洛克奇做了关于敦煌佛教艺术的报告，引起了世界学术界的注意。其后，匈牙利人斯坦因受英国政府雇用，于1907年五次到敦煌，窃取了大量珍贵文物，并在敦煌境北的疏勒河终点找出了许多木简——这是中国最早的写本文书。这些被称为"敦煌汉简"的珍贵文物被带到欧洲以后落到了法国的沙畹博士手里。1913 年冬天，沙畹将考释书稿寄到日本京都。罗振玉、王国维看后，认为有重新加以整理、考证的必要。罗、王二人经过数月的辛勤考释，撰成《流沙坠简》一书。由此可见，木简的研究从沙畹开始。罗、王是国内首次研究木简的学者，唐兰继二人之后，进一步对木简做了考释。

简、牍都是形声字。《说文解字》：简，牒也，从竹、间声；牍，书版也。简就是剖竹为片；牍就是削木为版。凡是竹做的简、木做的牍，通称为牒。《左传集解·序》说："大事书之于策，小事简牍而已。"《尚书正义》也说："简所容不过一行字，凡为书，一行可尽者，书之于简；数行可尽者，书之于（版）方；方所不容，乃书之于策。"所谓策，就是若干支简编在一起。简牍古已有之。《诗》有"畏此简书"，《左传》有"执简而往"，可见简牍由来已久。我国关于发现竹简书的最早记载为公元前 130 多年的《汉书·艺文志》："武帝末，鲁共王坏孔子宅，欲以广其宫，而得《古文尚书》及《礼记》《论语》《孝经》凡数十篇，皆古字也。"这就是秦始皇三十四年（公元前 213 年）下令焚书时，孔子后人孔惠藏进墙壁中的古籍，后世称之为"壁中书"。从藏进壁中到偶然发现不到百年，当时却已无人识得书上的字。可见在这短短的不足百年之内，中国社会经历了极其深刻的变化，包括文字方面的巨大变化。这些壁中书上的字，头粗尾细，宛若蝌蚪，于是后人称之为"蝌蚪文"。相距不到百年已经不认识的字，两千年后，人们自然更加难以辨认了。罗振玉、王国维两位学者对竹简文字的研究考释可谓开古文字学问研究之先河。

对探究古代中华文明怀有巨大热情的唐兰也从容投身其中。他发表了《敦煌所出汉人书太史公记残简跋》，对敦煌学有所涉足。其后，唐兰发表了有关敦煌学的多篇论文。这一时期，唐兰的论文在追随罗、王中已开始有了自己独特的新见解。

敦煌学是以敦煌莫高窟文物为研究对象的一门学问。这门学问的内容庞大繁杂。在20世纪30年代前，罗振玉、王国维两位学者堪称敦煌学权威。他们是这新学问的开拓者。敦煌学大体可分为三大类。其一是敦煌艺术，如彩塑、壁画、绢画等栩栩如生、绚丽夺目的艺术品。其二是敦煌藏书，包括大量的佛教、道教、摩尼教、景教等宗教经典，儒家著作以及文学作品。在文学作品中，有唐人写本、通俗文学和鄙俗残书。敦煌石室写本藏书有近三万卷，还有许多是久已失传的古代著作。其三便是汉简。罗、王二位学者研究的内容有别于其他学者，偏重研究通俗文学和汉简。

唐兰在这段时期发表的论文，也以唐人写本考释和题跋居多：《敦煌所出唐人杂曲》《敦煌石室本唐人选唐诗跋》《唐写本食疗本草残卷跋》《敦煌石室本唐写郑注论语颜渊、子路两篇残卷跋》等。可以看出，唐兰研究敦煌学的重点基本上与王国维是一致的。

王国维和唐兰都重视对敦煌学中通俗文学的研究，因为这些作品蕴含着中国古代社会变迁的重要内容，传递着一个时期或一国一地的风俗民情、地理户籍等信息，因而和研究经籍同样有特殊的意义。在罗、王之后，对研究和探讨敦煌学做出重大贡献的便是唐兰。他在传承罗、王对汉简、唐人写本研究的基础上，进一步拓展了对敦煌学艺术类的研究和探讨。在他的推动下，敦煌学逐渐成为一门热门的学科。

唐兰出任天津《商报·文学周刊》和《将来月刊》主编后，他还在两刊上连续发表自己研究诸子的论文，如《孔子传》《孔夫子的生日》《孔子学说和进化论》《孔子学说和进化论（答函）》《关于〈孔子学说和进化论〉一文的回响》《关于林语堂先生底〈关于子见南子〉的话》和《老聃的姓名和时代考》等，尤其是他在1929年9月、10月、12月《将来月刊》第1—3期上连续发表的《近时中国学术界的迷惘》三节，如今读来仍有其现实之意义。他首先指出"迷惘的现象"是"崇拜外国人呀！"他写道："所以在这个国度里，思想的权威，几乎完全给外国侵占去了。"在续一《我们的呼声》一节里，他写道："说到所以迷惘的原因，是有两方面的：第一由于本国学术思想的衰落；第二呢，关乎时代急剧的变化也受到莫大的影响。"他沉思道："给外国人侵占的土地，谁都知道是应该要回来的；受外国人的不平等条约的约束，谁都要要求脱离的；等到学术界插遍了外国的旗帜，反而倒是欢欢喜喜地顺受——这是我们应该做的吗？这不是太可耻了吗？咳！我愿意这只是暂时的迷惘。"他发出了呼喊："中国人啊！只要我们记得自己是中国人，就不该再迷信外国人了呀！我们要破除这一时代的迷惘！我们要恢复中国的精神，我们要在被外国学术征服的领域中解脱出来！"他大声呼喊道："中国人啊！大家来干呀！这不是少数人所做得到的呢！"在发出他的呼喊之后，他在续二《中国所固有的学术思想》一节中称，"从我们上古到现在几千年积累下来的智识——我们百千代的祖先们的经验——在几十年前尚为一般人所尊敬的，在现在一提起来只取得了轻蔑和揶揄的代价"；"在中国，孔孟是'祖述尧舜，宪章文武'，孔孟以后是祖述孔孟……虽然有的是夹杂着老、庄、杨、墨、申、韩，以及佛教、回教、景教等等的思想，但我们总还要举出孔孟底学说做中国的学术思想的代表。"他指出孔孟的学说是中国学术思想的代表，但是由于国人对孔孟之道的"轻蔑""揶揄"，中国付出了近时学术思想衰落的代价。唐兰就是既要批判这一个学说，又要重新估定这一学说的价值。那么，拿什么来批判和估定呢？唐兰指出："那就是'唯物论的辩证法'。"这是中国学术界首次提出运用辩证唯物主义来批判孔孟学说并重新估定这一学说之价值。他认为："所以社会科学的形成，是远在自然科学之前，我们的圣哲是从社会科学中所获到的经验，发现了一致的范畴，建成了我们的学说。假使拿西洋学说来比我们，那末我们是早熟的，而他们是晚成的。"唐兰写道："我们现在要清晰地说：孔家的学说是从伦理出发，西洋的学说是从物理出发的。我把伦理和物理来分别这两种学术思想——或者也可以把前者叫社会科学，把后者叫作自然科学。"他运用唯物辩证法区分两大科学体系后写道："假使这个人的观察是公平的，一定不会把中国学者在伦理上的研究的几千年的历史的那种经验加以轻蔑，一定会承认中国学说的对象是行为，和西洋学说的对象是智识；而且要辨明在眼前哪一方面是更重要。假使明白这重要的是中国人，我想他总不至于相信外国学说而把已往的成绩置诸脑后吧？"

唐兰在这一时期在两刊上发表的研究孔孟学说的论文，正是运用辩证唯物论的方法，将中国固有的学术思想在批判的基础上重新估定价值。他用通俗易懂的白话文撰写的十多篇学术论文，使读者们发现了"认识的曙光"和"哲学的果实"，从而奠定了他成为辩证唯物主义者的基础。

三、学识渊博，才华横溢

唐兰学识渊博，才华横溢，在不少学术领域里，稍加涉猎，亦做出不少成绩，如青年时期对古词谱的研究。他在1928年写成《〈白石道人歌曲〉旁谱考》："姜词旁谱，除《越九歌》及《琴曲》外，悉为宋俗字谱，前人未有识者，兰寻绎数四，幸能得之，因作此篇。"他以"宋燕乐曲语""管色应指字谱""言谱""指法""犯""杂记""结论"为题，分七个部分写成此篇，意在说明"然宋曲谱，皆歌曲也，苟能一一布诸管弦，其于吾国音乐界，必能开一新纪元无疑矣"。此文于1931年10月发表于《东方杂志》。[①]1932年12月，他又在《燕京学报》上发表《瞿禅先生白石歌曲旁谱辨跋》一文，与夏承焘深入讨论此谱。这是20世纪较早开始对此重要古代音乐文献进行研究的论文，对弄清该谱的读法与用法起到了初创探索的作用。1933年底，他发表了《古乐器小记》，研究古代乐器的形制、源起、演变及其各部位名称、悬置制度等，该文也是中国古音乐史研究中的重要著作。

在文学方面，青年唐兰主编多家报刊，常有诗文见报，故而在那时的天津有"诗人唐兰"之盛名。

1925年，民国执政段祺瑞突然心血来潮，欲附庸风雅，亲自命题、阅卷，以《圣贤与英雄异同论》为题，向天下士子征文。青年唐兰在无锡国学专修馆读书时，就曾撰文《裁兵议》，文中对连年军阀混战、武夫统兵祸国殃民十分憎恶。此次应征著文，借题发挥，对"乱世英雄"大加挞伐，文笔酣畅淋漓，颇富文采，

---

① 唐兰：《〈白石道人歌曲〉旁谱考》，《唐兰全集1：论文集上编一（1923—1934）》，第70—84页。

可怜命题阅卷者不以为忤，竟评其为甲等第一名，尚颁赏银四百以嘉奖。1926 年 2 月，该文被章士钊登载于《甲寅周刊》，一时传为佳话。

1930 年，他还写过一短篇小说《乞浆记》[①]，以第一人称口吻讲述与豆浆店姊妹偶遇、结识的故事，全篇用文言，人物性格、故事环境描写得活灵活现。这是他平生唯一一次展示其纯熟驾驭语言的能力和文学才华。

唐兰在两刊上还发表了研究彝铭的论文《书罗叔蕴先生所著〈矢彝考释〉后》《跋〈矢彝考释质疑〉》《矢彝之又一考释》等。这几篇研究金文的文章，是讨论 1929 年洛阳马坡新出土矢令方尊、方彝的一组论文。在这里，他初次接触铭文，就敏锐地提出铭文中"京宫"和"康宫"实是西周诸王宗庙。这是他晚年全面论述的西周金文断代"康宫原则"的起源。

在《商报·文学周刊》第十期后，他还多期连载《关于塔尔海玛 Thalheimer 论〈古代中国哲学〉的讨论》长文。他写的这一批论文锋芒毕露，展示了他的治学才华。他能对新出现的资料深入地进行探讨，得益于他求学期间广泛涉猎和刻苦钻研中国古代文献的积累，同时也植根于他远大的学术抱负和对治学能力的自信。

他做研究，不迷信古人，也不迷信前辈学者，包括他敬重的、指导和帮助过他的罗振玉、王国维。他对权威学者王国维的名文《生霸死霸考》的批评，对敦煌文献的独立考证，对德国大哲学家塔尔海玛古代中国哲学论述的尖锐批评，都体现了这一点。

---

① 唐兰:《乞浆记》,《唐兰全集 1 : 论文集上编一（1923—1934）》, 第 187—189 页。原载于《半月刊》1930 年 4 月 1 日, 第 1 卷第 1 号。该刊时任主编是唐兰的朋友吴秋尘。

唐兰始终坚持在他青年时代形成的这种以学术为天下公器、视野高远、稔熟文献、文字雄辩等鲜明风格，并贯穿一生。

四、著文哀悼王国维

1923年4月16日（农历三月初一），王国维奉清废帝溥仪"旨"赴北京就任"南书房行走"之"职"。他快马加鞭地往北京赶去。他5月底抵京，6月1日入朝"觐见"，受"加恩赏给五品衔"并着在紫禁城骑马，次日"入朝谢恩"。他这个"南书房行走"算是正式到"职"了。

在有清一代，以草根布衣之身受恩赐"紫禁城骑马"的只有康熙朝时的朱彝尊。这位被康熙征为"博学鸿词"的竹垞先生也是嘉兴人。王国维能与皇上钦定的"浙西词派"创始者先后同获此"恩遇"，真是感激涕零，诚惶诚恐，常常"中夜彷徨"，"难以安寝"，他要知恩图报，以不负"皇恩浩荡"。王国维以一介布衣，在骤然间做了"皇帝"身边的"近臣"，这真是十分难得的"殊荣"。

1924年11月，直系将领冯玉祥回师北京，发动政变，把曹锟赶下台，推翻了直系军阀政府，同时把溥仪赶出了紫禁城。罗振玉等人把溥仪安排到了天津。王国维在北京的生计成了问题。胡适的学生顾颉刚先生出于对王国维"十年如一日"的仰慕之情，请求胡适博士为其解决在京吃饭问题。那时清华国学研究院正在筹办中，胡适就推荐王国维为研究院院长。王国维执意不愿做院长，只允诺以导师名义专任讲席。他于1925年初移居清华西院，开始参与创办国学研究院。当时其他导师尚未到校，院务事实上由王国维主持。

1927 年夏，已为国民军的冯玉祥将军挥兵出潼关，直逼北京，在北洋军阀统治下的北京城里引起了恐慌。王国维于 6 月 2 日（正是四年前"入朝谢恩"之日）中午在颐和园昆明湖投水自尽，终年 51 岁。

王国维自尽，这是时代的悲剧。巨星陨落，当时的文化学术界莫不痛惜一代大师。唐兰于 1929 年在天津办报时曾收集王国维先生复信 8 封，发表在《将来月刊》杂志上。其时王国维"先生之墓门，且有宿草矣"。唐兰深情回忆与王国维的交往，表达对王国维的敬仰和追念之意。在发表王氏遗札时，他在题记中写道："壬戌初秋始访先生于沪上，辱不弃鄙陋，抵掌而谈，遂至竟日，归而狂喜，记于先生所赠《唐韵》后叶，以为生平第一快事。"其时，他正如同一颗闪亮的新星在中国北方的天空中冉冉升起。

唐兰在天津的七年期间，无论是在周家做家庭教师的工作，还是在《将来月刊》《商报·文学周刊》承担编辑工作，都尽心尽责，卓有成效，特别是在国学研究方面已崭露头角，文名日盛。罗振玉先生当然非常赏识唐兰，再次将他引荐给著名历史学家、考古学家、东北文献史学家金毓黻先生，还请当时的教育部部长章士钊先生写了热情洋溢的介绍信，信中称唐兰为"浙江俊士"。

1931 年，唐兰应金毓黻先生之约赴沈阳，被辽宁教育厅委任于东北年鉴处编辑《辽海丛刊》（《东北丛书》），时年 31 岁。

唐兰在沈阳任职后不久，先秦史研究学者高亨慕名前来拜访。高亨早年在清华国学研究院师从王国维、梁启超两位大师，精研经籍训诂之学，后在东北大学任教。高亨热情邀请唐兰到东北大学兼课。他向校方介绍唐兰时说："找训诂学者，我不及唐兰也。"于是，唐兰受聘东北大学任讲师，主讲《尚书》，由此开始了他真正教书育人的生涯。

高亨比唐兰小一岁，可算是同门同年的学友。高亨对《周易》有精湛的研究，主张研究《周易》一定要把《经》《传》分开，互不干扰。唐兰对《周易》也有研究，在与高亨切磋中，学到了高亨对《周易》很多高明的见解，对以后研究《周易》助益良多。高亨一生笃志于弘扬我国传统学术，成绩斐然。

唐兰在沈阳期间，日军发动九一八事变，侵占东北三省。他不惧时艰，潜留沈阳，以亲眼所见的日军暴行，奋笔写下《呜呼！土肥圆的仁政》一文，并以"楚囚"的笔名于当年10月发表在《北洋画报》上。他在文章中公开点名揭露、批判关东军头目本庄繁和土肥原贤二假仁义、真侵略的面孔，称他们是"这班种远东战争祸根的宝货"，以讽刺日本侵略者挂羊头卖狗肉的殖民行径。

1932年春，北京大学教授、中国现代史学家顾颉刚先生向北大告假，并推荐唐兰代在北大讲授《尚书》、先秦文化史。北大校方对唐兰的学识、人品早有所闻，欣然接受顾颉刚先生的推荐，邀请唐兰担任北京大学中文系讲师。是年秋，唐兰赴北京就职。唐兰在《天壤阁甲骨文存并考释》自序中曾回忆这个时期的情况："金毓黻氏约余编《东北丛书》，高亨氏又约余讲《尚书》于东北大学。……猝遭祸变。十月十八日，浮海来归。……次年春，代顾颉刚氏讲《尚书》于燕京、北京两大学。"

五、在天津之行状考

唐兰在天津之本兼各职、学术研究、论文著作、思想观点等，有了《唐兰全集》以及刘雨先生为之所作的"前言"作为依据、参照，已在本章上述四节中一一铺陈，有了颇为详尽的叙述。作为传记，光有这些而无生活行状类的记载显然是不能过关的。唐兰在天津时的日常生活、行为，他的恋爱、婚姻情状，也应该有所涉及。可是有关这方面的资料却是少之又少。刘先生的"前言"可以无须提供，而我们的传记却是必须直面的。

那么，唐兰在天津时期是如何生活的呢？现依据唐兰致同学吴芸阁的信及王蘧常文章的一鳞半爪来做一番"大胆假设"，以求窥其一貌。

我们先看唐兰致吴芸阁的这封信吧。唐兰在信中写道："弟生平所受磨折，十倍于兄。即现在亦无法可办。家君年已六旬，犹博锱铢于肆，家母生平所蓄，尽为弟耗。舍无应门之童，身处千里之外，既无亲故，又无家室。故宅已为蓬蒿，长物已归祛箧，一身蓬转，归亦寄人。若他乡无可托，则故乡亦不能归，但作流亡耳。"吴芸阁系唐兰在无锡国专的同学，于1927年8月考入清华大学国学院。从信的内容推测，此信当写于1928年10月7日之后。彼时唐兰在天津已生活四年有余，信中所反映的生活状况似乎并不如意。他向老同学倾诉着寄居他乡的清苦，这是在他众多书信中难得一见的涉及自己身世的一段文字。

但从老同学王蘧常的文章中，我们看到了唐兰在津生活的另一个侧面，王蘧常写道："合肥某公见之大激，赏寿以四百金，唐君脱手豪游数日而尽，已而，弊车羸马泊如也。余闻而大叹其落拓自熹如此,以告同学欲谞唐君近者。"唐兰征文获奖四百大洋,"豪游数日而尽",使"闻而大叹其落拓自熹如此"。这真是大有"千金散尽还复来"的豪爽、一掷千金之气概,一时传为佳话。这二者相较,差距甚大。哀叹"家母生平所蓄,尽为弟耗"的唐兰怎可能将这巨款"豪游数日而尽"?王蘧常之言与唐兰自述之身世大相径庭,唐兰对老同学大叹苦经是否另有深意,便不得而知了。

唐兰事母至孝,有浓重的家庭观念,他将钱寄回家中是很有可能的。无锡国专奖大洋五百、征文奖大洋四百、平时的工资、稿酬,除生活费用外,都有可能寄回老家。唐熊征在1929年将两间平房翻造成二层楼厅堂房,光靠他"犹博锱铢于肆",贩卖水果赚的钱是不够的,这其中很可能有唐兰寄回家中的几笔巨款。

这是从有关文书中对唐兰在津生活状态进行的一些推测,因缺乏证据,故而全系一面之词,不足凭信。

其实《北洋画报》的文章为我们提供了唐兰在津生活的另一面。文章写道:"(唐兰)能古文章,尤工诗词。半年前,曾留虬髯,倜傥风雅,有须眉气。而时作软语,尤足醉人,一如其诗。读书勤,手不释卷。辄吟哦于街头,见者敬之。近一月来,友人忽多不见其踪影,据所闻只知已罢教,不复为人师,已不住小营门,不知所往。"这篇文章见于1930年11月15日的《北洋画报》,由此可知,在1930年5月前,唐兰是蓄须的,"有须眉气","手不释卷","倜傥风雅",是个"见者敬之"的诗人,在1930年10月他离开周家"不复人师",众人多"不知所往",其实他正准备东北赴任。

关于唐兰在津的生活又有另一种传说,来源于唐兰之子唐益年先生。他提供了唐兰在天津时曾与赵一荻（又名赵绮霞、赵四小姐）有过一段恋情的传闻。此段传闻至今尚无其他佐证，故而不足凭信。

至于唐兰和贾女士订婚与赵四小姐 1929 年 3 月出走时间比较接近，这其中是否有什么关系，不好猜测。《北洋画报》登载此事的文章并《启事》及"诗人唐兰"的照片，真是有文有图，说明唐兰在天津确有订婚及解约之事，但对象不是赵四小姐。

同样不好猜测的是，1929 年唐兰与贾国华订婚时，唐熊征恰好在翻造新房，"这其中是否有什么关系？"这新房不正是为唐兰回乡完婚而修造的吗？

第六章
CHAPTER 6

教书育人，著作等身

一、甫届而立之年，执掌高校教鞭

1931年9月18日，日军发动侵占东北沈阳的战争，唐兰因此于10月被迫返回北平。次年春，在燕京大学、北京大学代顾颉刚讲《尚书》。秋后，入北京大学中文系任教，讲金文和"古籍新证"，又代董作宾讲甲骨文。随着影响的扩大，陆续接到清华大学、师范大学、辅仁大学、中国大学等校邀请，讲授古文字及诗、书、"三礼"。

甫届而立之年的唐兰，即连续接获时为古史研究与古文字研究重镇和一流学者的授课、代课邀请，这在当时是很大的荣誉，也足见学术界对他学识的肯定。他很快地成为北京学术界、教育界一颗闪亮耀眼、颇受众人注目的明星。

当时，在大学教书的人都没有专门进行研究和写作的时间，正如唐兰自己所说："一个以教课为生涯的人，打哪儿去找这种福气。"①尽管如此，他勤奋努力，挤出时间，结合教学实践进行研究，先后撰写《殷虚文字记》《天壤阁甲骨文存并考释》《甲骨刻辞考释》等专著和论文数十篇，成为甲骨文、金文研究的著名学者。

从1931年在各高校任教起，唐兰开始了一生创作力最旺盛的一段时期。这期间，他除撰写了上述三部专著之外，还发表了一大批脍炙人口的论文，如《作册令尊及作册令彝铭考释》《周王𣄼钟考》《商鞅量和商鞅量尺》《再跋赵孟庎壶》等考释青铜器及其铭文的文章。他的考释从不泛泛而谈，总是围绕作器者、器物时代等关键问题展开。

1933年，唐兰应故宫院长马衡邀请出任故宫专门委员，遂开始留意故宫藏品、款识等故宫学术。

1936年7月，他针对清宫旧藏宗周钟，在《故宫年刊》上发表了《周王𣄼钟考》一文。当时正值王国维、郭沫若新发现金文"时王生称"理论，因之归纳出著名的标准器断代法大行其道之时，各金文大家都因为钟上有"昭王"铭文，遂定此器为西周早期昭王所作器。唐兰则从形制特征和铭文内容分析，力排众议，认为该钟是周厉王所作器，作器者𣄼即厉王，名胡。当时学界并不以他的观点为然，但是，随着后世带铭文钟大量出土，人们看到在西周早期所不见的长篇钟铭，开始意识到唐兰当年的分析是有道理的。1978年，在《周王𣄼钟考》发表42年后，陕西扶风齐家出土𣄼簋；1981年，扶风庄白又出土五祀𣄼钟。这些经过科学发掘的铜器资料，证实了唐兰的预见性确非常人可及，其对此铭

---

① 唐兰：《中国文字学》，《唐兰全集6：殷虚文字记·天壤阁甲骨文存并考释·中国文字学》，上海：上海古籍出版社，2015年，第393页。

的解读遂成为学界的共识。

20 世纪 30 年代是唐兰一生学术事业和声望达到顶峰的时期，许多名人学者都慕名前来，请唐兰为自己的著作作序。唐兰曾为容庚的《颂斋吉金图录》、商承祚的《殷虚佚存》作序。1934 年 3 月，郭沫若发表《两周金文辞大系图录》，特征序于唐兰。1934 年 11 月，北平来薰阁影印王国维生前在清华大学最后两年的讲义《古史新证》，整理此书的王国维助教赵万里出面请唐兰作序。这几位中国近代古史、古文字领域最有成就的学者的著作连番请唐兰作序，这几个标志性的事件印证了其学术影响之大和学术地位之崇高。

这一系列的序文，随着各部专著的出版，使唐兰的声誉日隆。他已成为继罗振玉、王国维等前辈学者之后，当时国内公认的甲骨文、金文等方面的学术权威。

此时唐兰认为，任何一门学科，任何一位学者，要想在前人的基础上继续前进，取得更大、更新的成绩，一定要善于总结前人的经验，并且有所突破，建树新的理论体系，努力成为一门新学科的开拓者，不能墨守成规，更不能故步自封。

二、在北京娶妻生子，成家立业

1934 年正月，唐兰与张晶筠女士（1917—1987）喜结良缘。已是北京名教授的唐兰，在北京娶妻成家，时年 34 岁。

唐兰在北平任教时，在地安门内米粮库 6 号租房居住。邻居张先生是位北平邮局的小职员，他对唐兰的学识、人品极为赞赏，便把比唐兰小 16 岁的爱女的终身托付给唐兰。张女士自幼受到良好的教育，对唐兰也十分倾慕，二人便结为夫妇。

唐兰的婚事，各报刊都当作新闻争相报道，如当时华北最负盛名的《北洋画报》就经常追踪报道"诗人唐立厂"的动态消息。

唐兰在天津时曾以诗人而饮誉津门。《北洋画报》在1930年11月15日报道他与贾国华女士解除婚约的启事；1930年第10卷第472期，刊有《章孤桐先生为唐立厂书条幅》；1930年第10卷第495期，刊有《唐立厂画像》；1930年第12卷551期，刊有《诗人唐立厂像》；1931年第14卷第696期，刊有《唐立厂拒金谢酒》；1931年第12卷585期，刊有《诗人唐立厂决定十日内出关赴沈阳》。

唐兰在北京高校任教后，《北洋画报》1933年第21卷第1025期，刊有《诗人唐立厂现已与张晶筠女士订婚》；1934年第21卷第1039期，刊有《诗人唐立厂与张晶筠女士新婚合影》；等等。

唐兰解约、谢酒、出关、订婚、结婚等都作为新闻报道，可见当时唐兰文（诗）名之盛了。其实《北洋画报》编辑之一就是唐兰，其余编辑亦是他的朋友，报道他的事也很正常了。

唐兰夫妇在北平地安门内米粮库6号安下新家。二人结婚时，因新郎雅好昆曲，有同好的俞平伯邀约嘉兴曲师陈延甫（名宝山）来京拍曲撅笛。俞平伯夫妇和清华、北大教职员暨家属，如浦江清、陈竹隐（朱自清夫人）、谭其骧等，偕唱昆曲助兴。

这些学者教授后来还成立了谷音社，取"空谷传声，其音不绝"之意。俞平伯任社长，并亲撰《谷音社社约》，有"发豪情于宫徵，飞逸兴于管弦"句。谷音社还聘请在南方任教的曲家吴梅为导师。唐兰亦积极参与活动，常清唱昆曲。唐兰自1935年至

1936年夏共参加清唱昆曲集会五次，亦参加北平城内各曲社活动。后来至昆明，唐兰等人成立西南联大昆曲研究会等，参加一些业余的昆曲活动，影响颇大。[①]

唐兰趁寒假带着新婚妻子，回到阔别了十多年的故乡探亲，后又把母亲接至北平奉养。唐兰之母在全面抗战前病逝于北平。

抗战全面爆发后，唐兰几经周折，挣脱了日本侵略者和汉奸的魔掌，在昆明西南联大安顿下来。但此时从老家传来信息，日军侵占嘉兴，父亲逃难至乌镇后遭日军轰炸而死。唐兰又想起远在北平的夫人带着未足3岁的大儿子震年和还未断母乳的二儿子复年生活在日本侵略者黑暗野蛮的统治之下，不觉悲从中来，忧虑万分。

于是，唐兰决定不管路途多么遥远和艰难，也得将妻儿接到身边，同甘共苦，共渡国难。1942年，太平洋战争爆发后，北平与外地音讯断绝。无奈之中，张晶筼与北大一批学生一同出走，经河南郑州走陇海线，经宝鸡，翻越秦岭至重庆，得友人蒋天枢资助至云南与丈夫团聚。

蒋天枢系唐兰在无锡国专时的同学，后入清华国学门，师从陈寅恪、梁启超，专攻明清学术史，曾任东北大学、复旦大学中文系教授，与唐兰有同窗、同门、同事之谊。

蒋天枢最受人称道的是在晚年放弃自己的专业，为恩师陈寅恪编撰"事辑"。蒋天枢在致友人的信中表示，他赞同陈寅恪"华夏学术最重传授渊源"的"师承"说。他编撰的《陈寅恪先生编年

---

① 谷音社的主持者是清华大学教授俞平伯，他是曲学大家吴梅的弟子之一。参与谷音社活动的有蔡元培、吴梅、蒋复璁、俞平伯、张充和、唐兰、陶光等清华、北大的教授，抗战时，还在西南联大联合组建了昆明三大学昆曲研究会。

事辑》的中心意旨，是想写出陈寅恪先生是"中国历史文化所托命之人"；而在学界，则有蒋天枢是陈寅恪所托命之人的共识。他们之间的关系既表现出中国学林的高风，也表现出中国知识分子身处逆境时的风骨。蒋天枢在抗战的艰难时期大力资助唐兰妻儿，正是这种高风的体现。

唐兰夫妇带着幼童震年（复年托给外婆抚养），在西南联大的生活十分艰苦。日军空袭的警报不时鸣响，炸弹在驻地爆炸，闹得人心惶惶，但唐兰总觉得生活还是温馨的。1945年，三儿子豫年就出生在这样的环境和氛围之中。抗日战争胜利之后，唐兰夫妇回到了北平，于1947年又添一子，取名"益年"。四个儿子欢聚一堂。

"震""复""豫""益"和同在1947年出生的侄儿的名字"巽"都取自六十四卦。《易·震》："象曰：洊雷，震。"《易·复》："象曰：雷在地中，复。"《易·豫》："象曰：雷出地奋，豫。"《易·益》："象曰：风雷，益。"其深奥之意虽不可妄测，但依浅陋之见，均系意于"雷"。而《易·说卦》："巽为木，为风。"又有《易·巽》："象曰：随风，巽。"

新中国成立之后，唐兰调入故宫博物院，他家搬至北京三座门大街21号故宫宿舍，1956年又搬至东华门外故宫宿舍，后者面积稍有扩大，但还是有些拥挤，尤其是没有单独的书房。对一个潜心研究学术的高级知识分子而言，没有书房是件十分无奈的事。但唐兰一直是知天乐命、乐观豁达、因陋就简的性格。每当晚上，他都在家人睡下以后，才开始自己的工作。

1958年，唐兰当选为北京市第二届政协委员，随后搬到了旧鼓楼大街小石桥胡同的一座属于文化部的宿舍大院。院子里古木参天，在绿荫的掩映中，有几幢四层楼房。其中一幢楼房的一楼住着唐兰一家，有三间卧室，宽敞的客厅和一间书房。还有一个朝南的小园子，里面有小树花草，包括唐兰喜爱的兰花。

在这座大院内，还居住着范文澜教授等文化系统的知名学者。晨昏散步时，他们时有碰到，也会聊上几句。这座大院充满着浓郁的文化气息和高雅的生活情趣。

张氏夫人对多次搬家颇有感叹。她说，调到故宫后三次搬家，可以看出唐兰在故宫的三次升迁。随着唐兰职务的晋升和社会地位的提高，这房子越搬越大，家具却没有新添置，生活还是一如既往地简朴。

张氏夫人所言极是。他们平时十分节俭，连一片馒头皮都舍不得丢掉。巽年曾多次去北京探望伯父、伯母，在伯父家，他感受到了勤俭持家的家风，深为感动。

唐兰不吸烟，爱喝一口白酒；张氏夫人不喝酒，却吸烟。夫妻俩偶尔为各自的爱好开玩笑。一位总结吸烟的四大害处，用"嘉兴官话"一本正经地一一罗列，另一位回敬以喝酒的五大弊端，京腔京调一板一眼地数落，说罢两人开怀大笑。有时丈夫喝着酒，用手击桌，哼唱昆曲，妻子虽然不擅昆曲，却也会随声附和。一个高亢激越，如同浙江汹涌澎湃之海潮，一个婉约柔绵，宛如西山清泉之潺潺，夫唱妇随，琴瑟调和，其乐融融。

唐兰雅好昆曲，在新中国成立后，他与顾颉刚、俞平伯的谷音社仍在延续。1956年，在俞平伯的倡议下，北京昆曲研习社成立，俞平伯任社长。作为一个民间组织，它集结了在北京的众多曲友，且与上海、苏州等地的昆曲界有广泛的交流。俞平伯并不擅演唱，除司鼓外，他更多的时间是在欣赏，高兴起来，便唱上一曲，虽有点儿"五音不全"，但味道却很浓。1959 年 10 月，为庆祝新中国成立十周年，这个业余班子竟在长安大戏院公演了全本《牡丹亭》(经过俞平伯夫妇改编)。唐兰积极参与了俞平伯组织的昆曲业余活动。

难能可贵的是，在 1954 年下半年发动"大批判"俞平伯之时，唐兰保持了沉默。在那种政治大气候之下，保持沉默是需要忍受很大的政治压力的。

唐兰曾在 1949 年 8 月 20 日的《人民日报》上发表过一篇题为《我的参加党训班》的文章，他写道："参加共产党的党训班，是无比的光荣，因为这是学习，向革命的先进者学习，这是自发的，不是被迫的。"当时大批高级知识分子纷纷表态，如 1949 年 8 月 31 日，《人民日报》就刊登了费孝通的《我参加了北平各界代表会议》，费孝通在文中吐露了同样欣喜的心志。这是那个时代的一大潮流，表明了从旧社会过来的知识分子追求光明、要求进步的心迹。唐兰在北平解放初期就有参加中国共产党的愿望，写了入党申请书递交给彭真市长。

唐兰虽然正在为新社会的建设热情服务，却在大规模批判俞平伯的浪潮中不随波逐流，与沈从文、陈寅恪等人一样，不愿站出来表态说话。在那些疾风暴雨式猛批俞平伯的日子里，唐兰保持着他一以贯之的中庸之道，在故宫博物院埋头做着研究工作。余暇时，他躲在家中哼着昆曲，一方面"发豪情于宫徵，飞逸兴于管弦"，另一方面怀念着他的老朋友顾颉刚、俞平伯，这使危难中的俞平伯感到了一丝来自友情的温暖。

唐兰终其一生，始终本着与人为善、中庸为本的原则，除了在学术上，他会将"所有偶像都摧毁"，不讲情面，据理力争，有所争论批评，如与陈梦家先生、于省吾先生等的学术性争论，有时还很激烈，但都出于公心，他并无因私而与之积怨的人。

有人曾经为他鸣不平：唐先生在新中国成立前就是北大教授，为什么至今仍是三级教授，于省吾先生却是一级教授？唐兰听后哈哈大笑道："于省吾先生是我的好朋友，他学问大，功力深，当之无愧。"他接着说道："文博系统，三级已经到顶。"当年于省吾先生带两位研究生林沄、张亚初去故宫参观青铜器馆时，唐兰特地关照自己带的唯一的研究生郝本性要抓住这个好机会，好好地向于老学习，可见他淡泊名利，无门户之见。[①]

唐兰与张氏夫人自结婚之后，夫妻恩爱，家庭和睦，虽时代变换，二人饱经沧桑，却甘苦与共，白首到老。这使唐兰无后顾之忧地为中华民族的证古泽今事业努力拼搏。

1995 年，张氏夫人病逝于北京。

三、在西南联大教书育人

1937 年 7 月 7 日，日军在北平卢沟桥挑衅，随后占领北平，发动了侵占我国华北的战争。一日，在北平的汉奸钱相突然登报宣布唐兰等为古学院理事。此事见报后，唐兰是第一个站出来的"理事"。他登报声明自己早已不研究金石古物，以示与侵略者不合作的立场。[②] 其后又有唐兰过去的学生——日本人武田熙（维持会顾问）——找上门来，企图拉唐兰参加伪北京大学的教

---

① 郝本性：《高山仰止 永怀师恩》，《唐兰全集 12：书信·诗词·附录》，第 340 页。

② 唐兰：《唐兰启事》，《唐兰全集 2：论文集上编二（1935—1948）》，上海：上海古籍出版社，2015 年，第 583 页。原载于《新民报》1938 年 3 月 15 日第 1 版。

学工作。唐兰不甘做亡国奴，亦坚拒此伪职。在祖国横遭日军蹂躏的危难形势下，为保持民族操节，他决意甘冒危险，只身逃离北平。

当年唐兰西行之路的不易和万幸，即他所带之书籍安然无恙抵达昆明，唐兰曾有诗一首并跋为证："万里携书不惮劳，千重碧嶂插天高。松风涧水无尘思，同向空山作怒涛。滇越路中旧作，录呈青峰我兄教唐兰。"从册页跋语中"滇越路中旧作"一句，可知这首诗写于1939年前往昆明的旅途中，准确地说，当作于1939年4月到7月之间。

抗战胜利后，唐兰返回北京，应辅仁同事柴德赓先生之请，将这首旧作书于其册页。"柴先生教学之余，陆续向陈垣、柳诒征、顾颉刚、沈尹默、周祖谟、马叙伦、汪东、余嘉锡、尹石公、邓之诚、黎锦熙、傅雪斋、邓以蛰、启功、陈乐素、顾随、夏承焘、萧璋、唐兰、谢国桢等师友发出邀约，请师友们为其册页题字。于是乎，名家翰墨，萃为一编。柴先生将之装为两册，定名为《青峰草堂师友墨缘》，由余嘉锡先生题签。青峰草堂者，柴先生在北平尚勤胡同十五号寓所书斋名也。"唐兰的这首珍贵诗作和墨宝通过《青峰草堂师友墨缘》有幸保存至今。[1]

记录唐兰西行的珍贵史料尚有刘雨先生的《唐兰先生的治学之路》。文中记载："唐先生于1939年4月在沈兼士、储皖峰等友人的帮助下，抛家舍业，历尽艰辛，先到上海，又辗转香港、越南河内，终绕道至昆明。"[2]另据《郑天挺西南联大日记》1939年

---

[1] 王江鹏：《唐兰先生解放前的一首佚诗》，澎湃新闻，2019年1月22日。https://www.thepaper.cn/newsDetail_forward_2723686。

[2] 刘雨：《唐兰先生的治学之路》，载《故宫博物院院刊》2015年第5期，第138—155页。

7月19日所载"借立厂《书道全集》，翻阅解闷"，可知唐先生在1939年7月间已经抵达昆明。唐兰诗中"万里携书"一事，《郑天挺西南联大日记》有明确的记载。郑天挺于1940年1月3日记云："十时半唐立庵来谈沿途失物事，同人往来越南者多矣，未尝如立庵也。然其书籍自香港运来，一无损滞，亦幸也。"

唐兰到达昆明后，在抗日战争期间，与一批著名的爱国学者一道，坚守在西南边陲后方，教书育人，创造了一段举世闻名的中国学术繁荣与辉煌的传奇历史。

他入西南联大（北京大学）任中文系副教授，1940年任中文系教授，同时担任文科研究所导师，带研究生，讲授六国铜器、甲骨文学、古文字学、《说文解字》、《尔雅》、《战国策》及唐宋诗词等。

西南联大中文系的系主任是轮流做的，唐兰、朱自清、罗常培、闻一多等都做过系主任。他们在"当政"期间，都没有一套"施政纲领"，近于无为而治。中文系的学风和别的系也差不多，民主而自由。

唐兰在西南联大中文系讲《说文解字》时，有几位已经很有名的教授都规规矩矩坐在教室里听。这就是西南联大的好学风，你有学问，我就听你的课，不觉得这有什么丢人。

唐兰对甲骨文和金文，尤其是甲骨文，有很深的研究，也有巨大的成就。但他在讲中国古文字学时，常常讲罗雪堂（振玉）、王观堂（国维）、董彦堂（作宾）、郭鼎堂（沫若）等"四堂"的学术成就，很少讲他自己。

"四堂"治古文字，是一个字一个字地认，就好像是个手工业者。唐兰却是个机械工业者，他认出一个字，能连带着认出一大批的字。如他认出一个"斤"字，于是凡是带斤字偏旁的字便都迎刃而解，一认一大批。他是当时认古文字数量最多的学者。

唐兰对郭沫若很推崇，他在一篇文章中写过"鼎堂发其辞例"的话，可见他治学无门户之见，但他在讲课时"喜欢批评郭沫若先生"。裘锡圭先生在《回忆唐兰先生——为纪念唐先生百年诞辰而作》中写道："时常说这个郭沫若讲错了，那个郭沫若讲错了，但却很少批评别的学者。"裘先生认为："这说明唐先生很看重郭先生，他觉得郭先生有资格换他的批。"①

他讲的文字学课程很受欢迎，除中文系学生外，连清华大学物理系教授王竹溪②和哲学系的教授沈有鼎③等都赶来听他的课。据唐兰的学生朱德熙先生回忆，"我记得王先生听的是《说文》，沈先生听的什么课我不记得了。不过沈先生是联大有名的不修边幅的人，他满脸胡子茬儿，光脚穿一双又旧又破的布鞋走进教室的样子至今犹历历在目"。④受唐兰的影响，后来王竹溪跨界编纂了《新部首大字典》。该字典收录五万一千一百字，二百五十万言。字典以自然科学家的精准，每字皆标有汉语拼音，而且做到每字一码，没有重码，为我国汉字数字化进程做出了重要的贡献。

---

① 裘锡圭：《回忆唐兰先生——为纪念唐先生百年诞辰而作》，《唐兰全集12：书信·诗词·附录》，第334—337页。原载于《中国文物报》2001年2月14日第5版。

② 王竹溪（1911—1983），1938年获英国剑桥大学博士学位，1938—1946年期间任西南联大清华大学物理系教授，1946—1952年任清华大学教授、物理系主任，1952—1962年任北京大学教授、副校长，1978年当选中国物理学会副理事长。王竹溪在热力学、理论物理、统计物理和数学物理领域具有很深的造诣，诺贝尔物理学奖得主杨振宁、李政道皆曾师从于他。同时他潜心研究汉字四十余年，编纂《新部首大字典》，由上海翻译出版公司1988年出版。

③ 沈有鼎（1908—1989）是现代中国逻辑学的开拓者，专长数理逻辑和中西逻辑史。他曾任清华大学、西南联合大学、北京大学教授，中国科学院、中国社会科学院哲学研究所研究员。

④ 朱德熙：《纪念唐立厂先生》，《唐兰全集12：书信·诗词·附录》，第307页。

关于唐兰在西南联大讲课的情况，朱德熙先生在文中写道，唐先生先后开过"六国铜器"、甲骨文字、古文字学、《说文解字》、《尔雅》、《战国策》等课，还开过一门词选课。关于词选课，朱德熙先生在联大时候的好友汪曾祺晚年在《唐立厂先生》[①]一文里有一段有趣的叙述："唐先生兴趣甚广，于学无所不窥。有一年教词选的教授休假，他自告奋勇，开了词选课。他教词选实在有点特别。他主要讲《花间集》，《花间集》以下不讲。其实他讲词并不讲，只是打起无锡腔，把这一首词高声吟唱一遍，然后加一句短到不能再短的评语。'双鬓隔香红啊，玉钗头上风。——好！真好！'这首词就算讲完了。学生听懂了没有？听懂了！从他的做梦一样的声音神情中，体会到了温飞卿此词之美了。讲是不讲，不讲是讲。"据此，也可知唐先生于诗词之喜爱了，这些都成为趣闻、佳话，广为流传。

抗战期间，在日军飞机轰炸的警报声中，唐兰除授课外，还发表了一批重要的学术论文，他此时的论文不局限于考释文字本身，往往通过对铭文、器物的研究，引申开来，解决考古学和古史研究中的难题。例如，他考释商鞅量铭文研究古代度量；他写的《智君子鉴考》《王命传考》《洛阳金村古墓为东周墓非韩墓考》《论彝铭中的休字》等考释王命传铭，阐述战国时期的传遽及符节制度；研究东周左师壶、屬羌钟铭，考察洛阳金村古墓国别等；《古代饮酒器五种》则厘清了宋代以来习称"五爵"酒器的名实关系。古人有死后以天干易名的制度，其实为何，颇有争议，之前有主"生日"和"死日"两说，然其论皆有与文献记载不合的硬

---

① 汪曾祺:《唐立厂先生》,《汪曾祺作品集4:生活的智慧》,长沙:湖南文艺出版社,2015年,第243页。

伤。唐兰发表《未有谥法以前的易名制度》一文，首倡"祭日说"，较好地解释了这一干支易名现象。1941 年发表的《苏秦考》是唐兰对《战国策》《史记》等古籍全面整理研究后的用心之作，他指出两书所记苏秦、张仪故事，多有违背史实之处，这一论述为 30 年后他对长沙马王堆汉墓帛书的研究做了很好的铺垫，该文的一些观点也为 70 年代马王堆帛书《战国纵横家书》所证实。

唐兰在 1939—1946 年的 8 年间，在西南联大时期所表现出的民族主义热情，广为同仁们所称颂。容庚曾有公开信致时任北京大学文科研究所所长的傅斯年，谓"如尚志则当用相从患难之唐兰，如尚功则著述之勇，经验之富，苟有量才之玉尺，未易断定"。其信在西南联大曾油印流布，传诵一时。

唐兰和所有西南联大的爱国师生们同仇敌忾，众志成城，在极端艰苦的环境和贫乏的物质条件中坚持教书育人和学术研究，直到 1945 年扬眉吐气地迎来抗日战争的胜利。

唐兰虽不以书家自居，但其酷爱书法艺术。1945 年抗战胜利，他欣喜之下创作了很多书法作品，并在昆明举办过一次个人书法展览，展品从甲骨文、金文到篆隶行楷，各种书体都有。他的字不拘程序，兴之所至，随性挥洒，将深邃的学养融于笔端，其强烈的个人书风，独具一格，广受人们称誉。

为缅怀 8 年坚持之苦，纪念"为一体，如胶结；同艰难，共欢悦"的珍贵历史，在抗战胜利后，联大各校即将复员北返之际，校方决定"以此石，象坚节，纪嘉庆，千来哲"，于 1946 年 5 月 4 日建"国立西南联合大学纪念碑"，公举北大、清华、南开三校的冯友兰等五教授撰写碑文。唐兰为与书教授之一，执笔书写碑阴篆额"国立西南联合大学抗战以来从军学生题名"。请唐兰与书此碑体现了西南联大师生对唐兰在抗日战争时期忠于祖国的崇高民族气节的肯定和赞誉。此碑的背面上列 834 人从军名单，这为研究联大与抗日战争的关系留下了确凿的史料。

唐兰在抗战胜利后返回北平时途经重庆，顺道造访郭沫若先生。这两位鸿雁传书十多年之久的朋友在重庆第一次相聚叙谈，自然相当高兴。自此之后，彼此之间便有了较多的来往，尤其是新中国成立之后两人同在北京，互相来往便更频繁了。

在结束了随西南联大漂泊的岁月返回北平后，唐兰继续担任北京大学教授、北大中文系代主任，同时担任教育部清理敌伪文物委员会委员，直到新中国成立。

第七章

建立中国文字学理论体系

一、《说文解字笺正》——破旧之作

唐兰在长期研究的过程中，认真学习和总结前人的经验，同时又看到了古文字学研究中的混乱。他认为，造成这种混乱的主要原因在于，历代以来，某些学者对汉代许慎的《说文解字》的迷信，对《说文解字》不敢提出半点意见。所以，要纠正中国古文字研究方面的混乱和错误，必须突破《说文解字》的束缚。

然而要突破《说文解字》谈何容易！这是我国第一部字典，也是我国古文字学的经典著作。单说清代三百年间，清人治经，立足于治"小学"，治"小学"则以《说文解字》为依归。

唐兰充分肯定《说文解字》。他自小就对《说文解字》烂熟于心，认为《说文解字》确实了不起。但是，它毕竟是距今两千年的东汉时期的著作，作者根据当时所能掌握的材料写作。时代不断地前进，出现了许许多多许慎所没有见到过的新材料、新事物，像甲骨文、金文、木简等都是许慎之后出土和发现的，所以不能认为《说文解字》已经达到了这门学问的最高峰，更不能说，后来的学者再也不能超越和突破了。

唐兰本来有一个庞大的研究和写作计划，要完成古文字学七书，即《古文字学导论》《殷虚甲骨文字研究》《殷周古器文字研究》《六国文字研究》《秦汉篆研究》《名始》及《说文解字笺正》，从而成为他以前研究成果的总汇，但真正成书的只有《古文字学导论》。其间的周折，唐兰在《古文字学导论·自叙》中做了说明。他最早开始研究《说文解字》，著《说文注》而未完成，接着研究金文和甲骨文。又经过十多年，唐兰拟定一个了雄心勃勃的计划：利用甲骨文、金文和战国文字及秦篆，著一部《名始》以代替《说文解字》。用了两年时间，书稿组成，但他并不满意。

唐兰觉得，"把许多不同时代的材料，骤然合并，易致混乱"，遂再度变更计划：先严密整理每一系统的文字，做专门的研究，等分别获得结果后，再合并起来，组成全部的历史，即上述第二至第五种书和第六种书《名始》。而《名始》所用系统和方法大多为前人所未知，所以还得写一部《古文字学导论》放在前面。又因为《名始》不能完全举出《说文解字》得失，尚需另写一部《说文解字笺正》放在最后。

然而这个计划又一次变更了。在研究甲骨文时，他痛感材料不足，写一整部《殷虚文字研究》显得较为单薄和仓促，便打算利用手头的材料先写出一部分，即《殷虚文字记》，再二记、三记地写下去，直到十记，合成全书。

就在《殷虚文字记》开笔不久，他终于下决心先写《古文字学导论》，因为它更"切合现时的需要"。同时，他也开始怀疑自己庞大的研究著述计划到什么时候才能完成。

在早年的《说文注》和后来的《名始》《殷虚甲骨文字研究》等书一再未竟之后，他写道："与其工作若干年还不能完成而写出一部较好的，还不如现在先写出来而慢慢地修改。"①

在1936—1937年间，唐兰写了《说文解字笺正》一书，现存遗稿是该书卷一上篇的三万四千余字，此书与其早年所写《说文注》不同，是用甲骨文、金文、玺印、陶文、碑版、木简以及古书、字书、韵书等相互参证，针对《说文解字》，是者证成之，非者纠正之，检讨《说文解字》的得失。

写《说文解字笺正》一书时，距写《说文注》已经过去了十五年。唐兰已对甲骨文、金文等各种古文字资料做了全面梳理和考察，并建立了以《古文字学导论》为核心的古文字学理论体系，这时再回过头来审视《说文解字》，站得更高，看得更透彻。

该书的撰述，虽只开了个头，远没有完成，但已展示了唐兰利用新的古文字资料全面整理研究《说文解字》的具体步骤和做法。

二、《古文字学导论》——开山之作

使文字学成为真正的科学，是唐兰一生追求的目标。从1932年在北大任教时起，他为实现这个目标，跨出了给"文字学……新的生命、新的出路"的关键性一步——他的《古文字学导论》在北大的讲台上诞生。

---

① 唐兰：《古文字学导论》，《唐兰全集5：古文字学导论》，上海：上海古籍出版社，2015年，第10—11页。在"自叙"中，唐兰写道："这书本是唐氏古文字学七书里的一种，七书的名称是：一、古文字学导论；二、殷虚甲骨文字研究；三、殷周古器文字研究；四、六国文字研究；五、秦汉篆研究；六、名始；七、《说文解字》研究。"

关于这部著作的诞生，张政烺先生在《我与古文字学》一文中写道："我曾从马叔平（衡）先生学习金石学，从唐立庵（兰）先生学习甲骨文、金文。……唐立庵先生讲《古文字学导论》，当时是石印的，随堂发给学生做讲义，把中国一两千年间古文字学研究的历史讲得很细致，带有理论色彩。后来正式出版，成为唐先生的名著。两位名师对于我研究古文字学的影响是极大的。"

唐兰耗费十多年的心血，艰辛探索，凝聚成《古文字学导论》一书，这正是"十年磨一剑"，狠下苦功。

1935 年，《古文字学导论》正式问世，引起了当时学术界的巨大反响。这部著作在中国文字学史上占有十分重要的地位。1981 年，齐鲁书社出版该书的增订影印本，张政烺先生在"出版附记"中再次评价这部著作："中国的古文字研究已有一两千年的历史，但很少理论性的著作，唐兰同志这部书是空前的，在今天仍很有用。"[①]

《古文字学导论》的内容颇为全面，从古文材料种类，古文材料发现与搜集，古文字研究史，中国文字起源、演变与构成理论，一直谈到研究古文字的方法，甚至于做这一行的禁忌。唐兰的文字有见地、有个性，读起来仿佛可见他臧否人物、传授机要的神情，和今天一些著作的干瘪枯燥不可同日而语。

这部书长盛不衰，因为它不仅是一部系统的理论著作，而且是一部通俗的实用指南。即使一个在古文字学方面缺乏常识的人，也可以通过它知晓古文字研究和认字的区别。

古文字研究要全面地搜集各类材料，对一个个字做系统研

---

① 张政烺：《古文字学导论（增订本）·出版附记》，唐兰著：《古文字学导论（增订本）》，济南：齐鲁书社，1981 年，第 449 页。

究，发现文字产生、演变的规律。唐兰在有限的篇幅内，言简意赅地开列了研究古文字的准备步骤、考释和研究古文字的方法、戒律，宛如给初学者写的培训手册。《古文字学导论》是中国文字学理论的开山之作，其问世奠定了中国文字学的理论基础。

20世纪30年代，商周古文字资料大量聚集，与其密切相关的现代考古学、语言学、先秦史学等，由于引入西方先进的学术理念，有了很大的进步。古文字研究队伍中，出现了严可均、王筠、吴大澂、孙诒让、罗振玉、王国维、董作宾、郭沫若、容庚、于省吾、商承祚、徐中舒、陈梦家等一批卓有成就的学者，在古文字考释和研究方法上积累了许多经验。但中国文字学的理论研究，总体上还停留在一千八百年前《说文解字》体系的水平上，社会上充斥着射覆猜谜、穿凿附会的研究。

《说文解字》曾经是中国文字学史上一部伟大著作，但是在新材料、新研究方法不断进步的时代，这部建立在研究小篆基础上的文字学理论著作存在明显不足，对这部书的迷信当时已经成为阻碍学术前行的羁绊。中国文字学和相邻学科的发展呼唤一部敢于冲破这一沉闷局面的著作，建立起现代意义上的理论体系，以纠正乱象丛出、声誉日下的古文字研究。

唐兰和他的《古文字学导论》以巨大的学术勇气，担负起这个艰巨的使命。他从不同角度对以《说文解字》为代表的文字学理论做了深入全面的检讨，吸收了其中合理的部分，批判了其落后的和伪科学的部分，对当时社会上建立在其基础上的种种似是而非的文字学理论，进行了有力的分析和批判。

《古文字学导论》论述了文字与语言的关系，明确了中国古文字学的学科研究范围是古文字字形，论述了中国文字的起源及其演变规律。

唐兰批判了许慎的"六书说",将古文字构成归纳为"象形、象意、形声"三种,即认为汉字是由形符字、意符字、声符字三种文字构成,提出象意文字声音化,转变为声化字,是形声字构成的主要途径,并第一次提出古文字整理的"自然分类法"。

汉字结构分类研究,从不同角度出发往往可以得出不同的结论。唐兰之后,已有多种不同的方案出台,但时至今日,还没有一个学术界公认的结论。唐兰的"三书说"尽管从今天的角度看并不完善,但在当时,对打破《说文解字》为代表的"六书说"的迷信,对冲击《说文解字》的陈旧体系,却具有颠覆性的意义。此后研究的进步,应该说是在他开辟的这条道路上,不断调整、改进的探索。①

在研究古文字方法上,唐兰继承了从许慎的《说文解字》就开始使用,到孙诒让加以发挥的注重偏旁分析的传统,第一次明确提出古文字研究应以偏旁分析为核心,同时加以历史考证。这一论述精辟地概括了此前古文字研究学者考释古文字的经验,是研究中国古文字正确的途径和方法,至今仍是中国古文字研究必须遵循的核心理论。

他论述的理论体系范畴概念明确,结构严谨,使中国古文字学屹然成为现代学术园地里一门独立的学科。古文字学是中国文字学的中心,他的《古文字学导论》应该说是现代中国文字学史上第一部成功的理论著作。

裴锡圭在评价这部著作时指出:"这本书奠定了现代意义的文

---

① 刘雨:《唐兰全集·前言》,《唐兰全集1:论文集上编一(1923—1934)》,"前言"第4—5页。

字学的基础，同时也使古文字的研究开始走上科学的道路。其书第二部分阐明研究古文字，主要是考释古文字的方法，特别强调了偏旁分析法和历史考证法的重要性，此书标志着现代意义上的古文字学的建立。"①

唐兰在《古文字学导论·自叙》中写道："我所以要先写这本书的原因……要实现这个企图，就得把我所持的理论和所用的方法，写了出来，和学者们共同讨论使古文字的研究能成为科学。"他接着写道："因为这样，在本书里不免要批评到许多学者的错误，这里面很多是著者所敬服的前辈和密切的朋友。"正如唐兰在《中国文字学》中所指出的，"我们只拿历史材料做根据，一切旧的偶像全摧毁了。在打不破《说文》系统、跳不出六书牢笼的学者看来，诚然是大胆妄为，离经叛道，但在我们看来，只有这样，文字学才有新的生命，新的出路，也只有这样，才可以成为一种真正的科学"。②

为了实现这个目标，他在《古文字学导论》中批评了"对著者学业曾有不少鼓励""在学术史上占有重要地位"的罗振玉、王国维等前辈学者的错误。这种"本只是求真理"的做学问精神正是我们应该传承和弘扬的。

---

① 裘锡奎：《二十世纪的汉语文字学》，北京：北京大学出版社，1998 年。转引自刘雨：《唐兰全集·前言》，《唐兰全集 1：论文集上编一（1923—1934）》，上海古籍出版社，"前言"第 6 页。

② 唐兰：《中国文字学》，《唐兰全集 6：殷虚文字记·天壤阁甲骨文存并考释·中国文字学》，上海古籍出版社，2015 年，第 397 页。

三、《殷虚文字记》——印证之作

他的另一部力作《殷虚文字记》是对他早期甲骨文字研究成果的汇集。该书精选出三十三个字（或字组），先摹出字形，举出其在卜辞中的辞例，然后分析字形和偏旁，注意区别字形相近的字，考证增附不同偏旁后的字与本字的字音、字义联系。对一些有典型意义的字，该书描述了从甲骨、金文一直到小篆的字形变化历史轨迹，最后再把文字放回上下文环境中去检验，以考察所下结论是否可以成立。

对于那些在卜辞中出现频率高、对全文理解起关键作用的字，他的论证周密严谨。有一些字的考证，经过数十年新出资料的检验，时至今日仍是不移之论。

他不断拿出考释古文字的成果，以至连他考证古文字的论证方法和形式也受到当时学者们的推崇和模仿。该书与《古文字学导论》相辅相成，以实践印证了《古文字学导论》中所列诸条例的正确。

故宫博物院在编纂《唐兰全集》收录的《殷虚文字记》时，刘雨先生撰写了"整理说明"，从中可以看出刘先生在整理此书时认真负责的科学态度。"整理说明"指出："该书已知先后有过三个本子。一、一九三四年北京大学唐先生手写讲义稿本的石印本，当时仅印二百部，且全为散页，尚未来得及装订正式出版发行，先生补正的部分内容以眉批形式列于当页，此本流传至今者甚少。"此外尚有 1978 年社科院的油印本及 1981 年唐复年整理、中华书局出版的两个本子，经刘先生在整理时检查，后出的两版错误较多。在编《唐兰全集·殷虚文字记》时，主体部分他采用于省吾先生所藏之 1934 年石印原版全本及陈梦家先生所藏同版本，两本各页清晰程度优劣互见。"此次整理，基本以于先生藏书为主，选取陈先生藏书少部分作替换补充，合成为一底本。"

刘先生的这种科学态度切合唐兰的初衷。唐兰在该书自序中写道："考据之术，不贵贪多矜异，而贵于真确。"他在力求真确上颇为用心。他在致沈兼士信中指出："此书原拟发行，曾在北大付印二百部，然迄今未装订，至今犹未取出，年来发觉其间尚有错误，将来拟重写一本。"因发现有误，他在重写之前先写了《补正》及三十余眉批进行修正，可见他追求真确之诚。

故而刘先生在"整理说明"的结尾中写道："中华书局本有唐先生《致沈兼士信》、一九三七年写的《补正》、一九七八年写的《跋》，还有唐复年作的《引书简称表》《附记》和据先生后续所作眉批写的《说明》。此次整理保留唐先生所作各项，唐复年后加各项仅从《说明》中辑出唐先生三十余条眉批原文，其余未用。"显示了整理学者认真负责的求真精神。①

四、《天壤阁甲骨文存并考释》——立新之作

唐兰说他是与甲骨文同时诞生的。他确实与甲骨文有不解之缘，对甲骨文研究做出了巨大贡献。他首创甲骨文自然分类法，使甲骨文研究成为一门学科。提到甲骨文，我们应该回顾一下甲骨学的兴起及发展的历史。

1899 年，福山王懿荣从农民贩卖的杂货中购得了河南安阳小

---

① 刘雨：《唐兰全集·殷虚文字记·整理说明》，《唐兰全集 6：殷虚文字记·天壤阁甲骨文存并考释·中国文字学》，第 185 页。

屯出土的甲骨。当初谁也不知此为何物。当地农民把它叫作"龙骨"，以为可以入药治病，所以又有农民把它卖到中药铺。

"龙骨"上还契刻着看不懂的文字，当一位古董商偶然看到"龙骨"时，他对其产生了兴趣，便进行收购，运往北京。至京后，果然卖出了好价钱。于是古董商们闻风而动，纷纷搜集并贩运"龙骨"。

时任清末国子监祭酒的王懿荣，素以爱好金石古玩著称于世，不惜重金收进大量"龙骨"。但王懿荣还来不及看清这些到底是什么东西时，八国联军打进北京。王懿荣投池殉难，其所收藏的千余片"龙骨"尽归刘鹗。

八国联军攻陷北京时，别人都从北京逃出来，刘鹗却从外地进入北京城。他以往几次趁乱低价收购字画碑帖及鼎彝、善本古籍，尝到了甜头，凭借经验，趁此次慈禧太后、光绪皇帝逃出北京，京城社会秩序更乱的机会，留京半岁，收获甚多，尤其是买下了王懿荣天壤阁所藏的甲骨。

他虽亦未识此为何物，却认定它是难得的宝物，便又陆续收购了数千片甲骨。运回上海后，亲家罗振玉一见惊为奇宝，极力鼓动刘鹗拓印行世。于是在1903年秋，中国第一部甲骨文专辑《铁云藏龟》出版了。

刘鹗只是做了拓印的事，并未有甲骨一词，更不知道其真正的出土地。刘鹗虽然初步认定了这是"三代真古文"，但对甲骨上的文字却一个也不曾识得。

罗振玉在刘鹗那里见到甲骨之后，便进行了深入的探究，终于考证出出土甲骨的地方在河南安阳小屯村，即盘庚迁殷的殷代后期首都所在地。接着，他派遣大批亲人直奔小屯村向农民收购甲骨。

  1910 年，罗振玉应林泰辅之请，写成《殷商贞卜文字考》，以"正史家之遗失，考小学之源流，求古代之卜法"为目的，分类阐述，共辨认了两三百个单字，其中包括一些关键性的字，如"贞""王""亡""甾"等等。这是甲骨文研究之初，罗氏在摸索中所取得的一点成就。有人尊王懿荣为"甲骨文之父"，但此说不确切。王懿荣和刘鹗是初次收集甲骨者，也认出了甲骨上不少的文字，但可称为"甲骨文之父"者，罗振玉与王国维也。

  后来，罗振玉与王国维在亡命日本期间，罗振玉开始撰述《殷虚书契考释》，王国维协助做辅助工作，甲骨文研究有了新的成就。随后王国维进行了独立的研究，有了惊人的收获。在 1917 年初，王国维已经摘取了甲骨文研究之桂冠，其所著《殷卜辞中所见先公先王考》及《殷卜辞中所见先公先王续考》（学术界统称为"两考"）是甲骨文字出土 19 年后具有重大意义的学术著作。这"两考"，解开了甲骨文字之秘，揭开了殷代社会之真相。由此，"卜辞之时代性得以确定，殷代之史实性亦得以确定"[①]，同时开了甲骨文字研究的新纪元。

  唐兰在《天壤阁甲骨文存并考释·序》中说："卜辞研究，自雪堂导夫先路，观堂继以考史，彦堂区其时代，鼎堂发其辞例，固已极盛一时。"[②] 早期甲骨文字的研究以"四堂"为首创，这是公认的。

  唐兰在无锡求学时，"于时初知有甲骨文字"，研读罗氏的

---

① 郭沫若：《中国古代社会研究》，《郭沫若全集·历史编 1：中国古代社会研究·青铜时代》，北京：人民出版社，1983 年，第 193 页。

② 唐兰：《天壤阁甲骨文存并考释》，《唐兰全集 6：殷虚文字记·天壤阁甲骨文存并考释·中国文字学》，第 196 页。

《殷商贞卜文字考》及《殷虚书契考释》，发现释文中的问题，"依《说文》编次之，颇有订正。驰书叩所疑"，开始与罗、王交往。

因此，甲骨学的兴起，使唐兰与罗、王两位前辈成为亦师亦友的合作伙伴关系。唐兰在1934年刊印了《殷虚文字记》，1939年出版了《天壤阁甲骨文存并考释》，1940年发表了《读新出殷虚文字学书六种》及《评铁云藏龟零拾》等，这一系列研究甲骨学的学术论文、著作，都系统地对甲骨文中较难辨认的字做了详尽的考证和论述。由此可以窥见，他的研究成果已超出了罗、王两位前辈。唐兰成了国内闻名的甲骨文学者。

唐兰曾得王懿荣后人甲骨拓本两册及辅仁大学图书馆旧藏甲骨拓本一册。三册资料去其重复，有当时多数未见著录之甲骨一百零八片。依据这些资料，1939年3月，唐兰编成《天壤阁甲骨文存并考释》一书。全书甲骨文字均经逐片考释，所记见解亦多异于时贤，记录了唐兰考释古文字的许多案例。书前检字有二百五十一字，以自然分类法次之，初现唐兰甲骨文自然分类法面貌。早在《古文字学导论》下编"应用古文字学"中就有"古文字学的分类——自然分类法和古文字字汇的编辑"一章。这种分类方法，突破了《说文解字》"始一终亥"的不合理体系，也不同于当时流行的《康熙字典》分部体系，而是根据古文字自身构形特点对汉字进行分类排比所做的探索。近世日本学者岛邦男的《殷墟卜辞综类》（1967）、吉林大学姚孝遂的《殷墟甲骨刻辞摹释总集》（1988）和《殷墟甲骨刻辞类纂》（1989）、李宗焜的《甲骨文字编》（2012年）等甲骨文工具书，显然都受到了唐兰发明的这种分类法的启发和影响。

在1949年前，除罗、王之外，郭沫若、董作宾、唐兰等三位学者在甲骨文学术研究上都取得了卓越的成就，尤其是唐兰的自然分类法，更是深刻地启发和影响了后辈学者对甲骨文的研究。

五、《中国文字学》——巅峰之作

唐兰一生撰述的文字学理论著作中，最完整、影响最大的一部巅峰之作是《中国文字学》。

该书于1949年3月由上海开明书店出版，书分"前论""文字的发生""文字的构成""文字的演化""文字的变革"等五章。该书认为，现在的中国文字是"在一切进化的民族都用拼音文字的时期，她却独自应用一种本来含有意符的注音文字"。这是由中国语言的特质所决定的。那种认为繁难的中国文字仍停留在原始落后阶段，是中国文化发展障碍的观察，是完全错误的。

他说，一个字既然是一个音节，有一千多个声音符号（其中大部分就是意义符号）就可以把这个民族的语言统统写出来，又何须另外一套拼音的方式呢？而这种记载中华民族文化的可以贯穿古今殊语、跨越东西南北方言的文字体系，是任何一种拼音文字都无法做到的，这正是它的优势和价值所在。

他还提出，研究这种特殊文字的中国文字学，既不能像传统"小学"那样把形、音、义混杂一起来进行，其研究范畴和研究方法也绝不同于近代语言学。它应该是去除音韵训诂、专门研究文字形体的学问。而世界其他民族的拼音文字，其形体多只有几十个字母而已，并不复杂，没有必要建立类似的专门研究学科。中国文字学是一门中国独有的学科。

该书在《古文字学导论》的基础上，进一步把汉字的构成、演化、流变等动态分析纳入论述范围，并扩大视野，将古文字、近代文字、新文字、世界其他种类文字等，放到一起观察，形成了一个完整、全面的中国文字学学科体系。

唐兰《中国文字学》的问世比《古文字学导论》晚了14年。在《中国文字学》这部书里，他不仅对文字学理论做了深入的阐述，为建立现代中国文字学做出了诸多的贡献，而且敢于说真话，做到"不以人蔽己，不以己蔽人"，师古而不泥于古，尊师而不拘于师。他不因为某些学者、大师如罗振玉、王国维等人曾经对自己有过帮助和提携，而"为尊者讳"。他遵照"我们只拿历史材料做根据，一切旧的偶像全摧毁"的原则，提出了做学问的"六戒"：戒硬充内行，戒废弃根本，戒任意猜测，戒苟且浮躁，戒偏守固执，戒驳杂纠缠。他曾在《古文字学导论》中对"坊间虽罗列着许多关于文字学的论著，多数是那班一知半解或竟全无常识的人所剽袭抄纂的"之现象十分厌恶。他十分犀利地指出："这当然不会有一贯的理论或一定的标准。"对于此类鼠辈，他不屑一顾，批判的言辞在书中仅一笔带过。

他意在打破《说文解字》系统，跳出"六书"牢笼，应用他的新见解、新观点去摧毁一切旧的偶像，建立文字学的理论体系。

他在建立"三书"说，打破《说文解字》体系时，对罗振玉、王国维等提出了批评。他说罗振玉考释甲骨文的方法"开后来叶玉森辈妄说文字的恶例"。而后在《中国文字学》一书中，他言辞更加犀利，对《说文解字》"六书说"的批判更加尖锐。他对罗振玉、王国维学术上的问题实话实说："罗振玉、王国维只能算是文献学家，他们的学问是多方面的，偶然也研究古文字，很有成绩，但并没有系统。"

在书中指名道姓点评过的学者，如章太炎、王照、符定一、王力、容庚、商承祚等，他都丝毫不留情面。例如，他在书中写道："容庚、商承祚等在古文字上的成绩，是搜集、整理、排比、摹写，更说不到理论和系统。"

唐兰的这些评论都是有理有据的。他指出别人的谬误，便有用来纠正谬误的正确的东西，使得被批评者口服心服；虽有不服，也拿不出足以驳倒唐兰的东西。而这一切都是为了寻求真理，结束文字学的混乱局面，建立科学的理论体系。他说："我们要把文字学革新，成为真正的科学，那么最要紧的是古文字研究，所以，为文字学研究文字……才是主要的目的。"①

为了达到这个目的，唐兰建立了完整的理论和方法，其特点有二。其一，不是静止地、孤立地研究单个的字，而是对一系列有紧密联系的字（他称之为"字族"）进行全面、细致、精密的研究，从而找出它们之间的内在联系。这样，往往对一个字有了科学认识之后，与之相关的字也就能够迎刃而解。其二，研究古文字，对形、义、声三者必须兼顾，不能顾此失彼。他曾在《治契札记》中说："凡释一字应注意上下前后，左右四方。"同时指出，必须看到古文字形体有发展变化，必须掌握其规律。

他在《"蔑历"新诂》中对金文中最常见的"蔑历"一语的阐述，积几十年研究之成果，集众家之长——在该文中注明的即达18家，从词义至用法、读音，从商周至现代，深入地探讨。他在文中写道："我对'蔑历'一语往来心目中将五十年了，未敢轻于

---

① 唐兰:《中国文字改革的基本问题和推进文盲教育、儿童教育两问题的联系》,《唐兰全集3：论文集中编（1949—1966）》,上海：上海古籍出版社，2015年，第803页。

下笔。"他经过反复推敲，方才得出结论，"因此促成此篇"，可见他治字的严谨和扎实。他常教育后辈，"想用十天半月东翻西捡"做学问，是绝对不成的，如此糊弄出来的东西，"外面望去虽似七宝楼台，实在却是空中楼阁"。

《中国文字学》仅用了 12 万字，深入浅出，简单扼要，口语风格，不论专家学者或普通学人，都可以从不同层级上理解它的内容。它的问世，标志着唐兰对中国文字学理论体系的规划与建设基本完成。

该书于 1949 年 3 月由上海开明书店首次出版发行后，台湾开明书店和天乐出版社等翻印了十余版，香港太平书局也多次重印过，但在中国内地却因其内容与当时中央政府文字改革的方针政策相矛盾，三十年内没有再版。

在唐兰送给邓广铭的一部书的封面上写道："此书于一九四八年开明出版。因对中国文字拉丁化有不同意见被逼作处理，后致国内成为绝版书，此为香港重印。请广铭同志教正。作者 七八、六、廿二。"

香港 1975 年版"再版说明"云："这是唐兰教授在二十六年前的著作，其中的观点，特别是关于中国文字的改革部分，已过时了，但从全书来看，至今还有参考价值，故予重印。"

唐兰去世的 1979 年初，正值国内开始纠正"文化大革命""左倾"思潮，一些文化禁区被冲破，《中国文字学》迅即成为各高等院校中文、历史、考古等专业的重要教材。上海古籍出版社的编辑们得风气之先，把握了这部书的学术价值，意识到当时的社会需求，于 1979 年 9 月再印此书，第一次就印行了 26000 册，1981 年 6 月再印 23000 册，1986 年 8 月又印了 4000 册；再后有上海古籍出版社的"蓬莱阁丛书"版于 2001 年 6 月至 2004 年 5 月先后重印过三次，印数 1 万余册；上海古籍出版社收入世纪出版集团后，"世纪文库丛书"版在 2005—2007 年三年间先后重印过 7 次，印数 16700 册。不包括 1949 年上海开明书店版印数，内地仅 1979 年后就发行达 8 万余册。港台版和内地 2000 年以前版本，皆以 1949 年上海开明书店竖排繁体字本为底本重印，2000 年后内地版则主要出横排简体字本。美国加利福尼亚大学还在 2008 年 10 月对该书进行了数字化处理。在半个多世纪里，该书再版、重印了二三十次，总印数大概早已超过 10 万册。故宫博物院在编《唐兰全集》时，以 1949 年开明书店本为底本，对《中国文字学》重作排录本，字体放大，保留繁体竖排，改用新式标点，对个别排印错误稍加修改。

在世界范围内，古代埃及和苏美尔、埃兰、赫梯等古国都曾创建过以象形文字为特征的文字体系，但他们的民族文字都没有逃脱消亡的命运，相继被废弃，为字母拼音文字所代替。[①] 而中华民族数千年历史文化传承不断，记载、维系这个民族历史文化的汉字，适应所有历史时期的经济政治文化需求，适应所有不同地域的方音，也曾经适应记录邻邦日本、安南、高丽等民族语言的需求。这种凝聚了中华民族先人智慧的奇异文字，似乎可以在无限的时间、空间里，记录各种语言，记录各地区人们所要表达的细腻的民族情感和心理活动。甚至书写汉字本身的方法和过程，所谓书法，也在很早以前就变成了中华民族艺术的一部分。

唐兰在发表于 1956 年 10 月 6 日《人民日报》的《文字学要

---

① 唐兰：《中国文字改革的基本问题和推进文盲教育、儿童教育两问题的联系》，《唐兰全集 3：论文集中编（1949—1966）》，第 803 页。

成为一门独立的科学》中进一步论述："文字学是研究文字的科学。文字学是研究一切文字发生和发展的规律、各种文字的历史及其特点、各种文字的类属、各种文字之间的比较……文字跟社会文化发展的关系、文字跟语言跟思维的关系、文字跟艺术的关系、文字和书写工具跟印刷技术的关系。"他强调"文字是一门十分重要的独立的科学"，呼吁"共同为建立二十世纪新的文字学而努力"。

在进入 21 世纪后，汉字更被证实也可以适应计算机、网络等所有最新科学技术的进步与发展，不仅如此，计算机技术突破认、读、写固有的困难，使学习和使用汉字变得容易了许多。

随着中华民族的复兴，世人都急切想要了解汉字何以能具有如此顽强的生命，何以能对一个古老民族产生如此巨大的凝聚力量。唐兰的《中国文字学》最有说服力地、系统地解答了这个问题。这部博大精深而又生动活泼的著作能如此长盛不衰、广泛传播的原因即在于此。该书已成为阐述伟大汉字的最权威的著作，基于此，许多学者称誉唐兰是现代中国文字学理论的奠基人。他当之无愧。

第八章
CHAPTER 8

为"学术故宫"奠定坚实基础

一、从北大调入故宫博物院

1949年1月，北平和平解放；3月，故宫博物院被接管，马衡留任院长，全体工作人员均留原工作岗位。

唐兰早在1933年就受聘担任故宫博物院专门委员，抗战胜利后，1947年2月，他重新被聘为该院专门委员。然而，这些都是兼职，他的主要工作是在北京大学做中文系代主任兼教授。从代顾颉刚任教北大及后来在西南联大担任文学研究所导师带研究生算起，他在北大中文系任教已经长达20年了。

1952年初，农村的土地改革运动在全国范围内蓬勃展开。同年9月，全国高校抽调师生作为工作队员分赴各地投入"土改"，同时接受社会主义思想教育和考验。

唐兰与北京大学部分师生参加江西省"土改"工作。他到达驻地后，在当地党委和政府的领导下，与"土改"工作队员积极展开工作，正确地执行党的"土改"政策，顺利地完成了"土改"的各项任务。

　　之后，唐兰获准返校。在返京途经嘉兴时，他回到阔别近 20 年的老家逗留了两天，祭扫了父亲的坟墓，给在老家的亲人以莫大的安慰。

　　当时，嘉兴这座小城正在发生着翻天覆地的变化。民生复萌，百废俱兴，对私营工商业的社会主义改造如火如荼地全面展开。嘉兴有名的丝厂、绢纺厂、纸厂、织布厂等老牌企业以及那些布店、酱油店、水果店……纷纷实行公私合营。

　　唐兰漫步在他年轻时经常走过的塘湾街（北京路）、大街（建国路）、张家弄、项家巷……欣喜地看到嘉兴的大街小巷到处红旗招展，锣鼓喧天，爆竹齐鸣，一派热烈欢庆、欣欣向荣的气象。尤其是一队队、一群群敲锣打鼓的、扭着秧歌的工人兄弟们，他们脸上洋溢着翻身得解放的喜悦。这真是激情燃烧的岁月，令人热血沸腾的年代。①

　　唐兰返回北京后不久，便面临着人生及其事业的重大转折。在全国高校院系调整中，他接到了文化部通知，被正式调去故宫博物院工作。

　　北平和平解放后，专门委员会因时局的变化而逐渐转型，唐兰与故宫间的关系变得比较模糊。杨安在《苔芩之契　师生之谊》中写道："1949 年，徐森玉动议唐兰脱离北大，就任故宫古物馆馆长。《马衡日记》记载：1949 年 9 月 19 日……归寓后森玉来，言顷与唐立庵、谢刚主在东安市场劝立庵脱离北大，就古物馆长，立庵已同意。彼不日仍返沪，云云，使余无从置喙。"

　　《马衡日记》中所称之徐森玉时任上海市古代文物管理委员

---

① 据《嘉兴市志》记载，唐兰在新中国成立后有三次故乡之行。在其侄儿唐巽年的记忆里，他只在老宅见到大伯两次，并没有第三次。也许是其中有一次唐兰因公务繁忙，过家门而不入。

会副主任,他与主任李亚农特聘时任中共华东局副秘书长的吴仲超[①]任首届委员,而这位吴仲超便是新中国成立后首任故宫博物院院长。《马衡日记》中所记述之事是否系吴仲超授意,不好猜测。

唐兰继续在北大任教,直至新中国成立。1950年8月,唐兰再次被聘兼任故宫博物院设计员,参与院内的展览设计工作。1952年,北京大学院系调整,唐兰奉调正式到故宫博物院工作,而北大教授的身份则成了兼职。

就在唐兰正式调入故宫就任设计员之职的同一年,马衡卸任故宫博物院院长,吴仲超接任该职位。唐兰调入故宫博物院后一直在吴院长的直接领导下开展工作。

二、在紫禁城中辛勤耕耘

唐兰初来故宫时,由于刚刚离开比较熟悉的大学讲台,转做以展览陈列为重点的工作,工作性质全然不同,困难很多,但他还是积极认真地投入历代综合陈列各馆的筹备与建立的工作。从挑选文物、编撰文字说明,到调整展馆布局及筹备正式展出等,他全都亲自参与,亲自动手。

经过一段时间的辛勤工作,他非但熟悉了陈列业务,掌握了主动权,还得到了学以致用的无比喜悦的感受。

---

① 吴仲超(1902—1984),上海浦东南汇人,早年就读于上海法政大学(华东政法大学前身)。1928年加入中国共产党,在上海、江苏等地从事党的地下工作。参加革命工作之后,他还为党和人民征集、保护、保存了大量珍贵文物。他是一位礼贤下士的、卓越的文物工作者,正如他的名言"保护专家要像保护稀有动物熊猫一样",他关心、爱护并推动了我国文博事业发展。他也是任期长达30余年的故宫博物院院长兼党委书记。

1956 年，他成功地组织了"五省出土文物展览"，他在《五省出土重要文物展览图录·序言》中写道："一九五六年组成了五省出土重要文物展览筹备委员会，由夏鼐、姚鉴、张珩、唐兰等人负责，在故宫博物院展出了陕西、江苏、安徽、山西以及原热河等五省出土的重要文物。"① 这是唐兰调入故宫博物院后首次参与全国性的重大展事，他负责具体的布展等筹备工作，并负责编写展览图录，获得了文化部的表彰。

1959 年，唐兰编制故宫陈列方案，将故宫原陈列于东六宫的历代艺术综合陈列馆与"三大殿"里的古代艺术陈列合并为历代艺术馆，移置紫禁城的中心部位——保和殿及东西两庑，使历史艺术馆的陈列更加形象、系统地展现我国古代艺术发展史。

他先后在《美术研究》（1959 年第 4 期）、《文汇报》（1960 年 1 月 19 日）撰文发表《中国古代文化艺术的宝库——介绍故宫博物院历代艺术馆》《中国古代艺术的宝库——记故宫博物院的历代艺术馆》等文章，详细介绍和宣传了故宫博物院建院以来的首次重大改革，他在文中写道："历代艺术馆分为三个室，第一室是保和殿，第二室是殿的东庑，殿的西庑是第三室，全部陈列面积约四千平方米。在保和殿上从原始社会末期开始到春秋末（公元前四七六年）止，东庑由战国时开始到南宋末年（公元一二七九年）止，西庑由元代开始到'五四'（公元一九一九年）止。全部陈列，展出各时代的各种文化艺术遗物约四千件，其中很多是极

<hr>

① 唐兰：《〈五省出土重要文物展览图录〉序言》，《唐兰全集 3：论文集中编（1949—1966）》，第 981 页。

珍贵的文物。"①

历代艺术馆综合地陈列各个时代的艺术作品，包括绘画、书法、雕塑、铜器、陶瓷、织绣等和各种工艺美术品、民间艺术和民族艺术品，展示艺术的发展。这是他领导组织的故宫历史上规模最大的一次古代艺术藏品的展示。他亲自撰写"陈列大纲"和"总说明"，展览主题明确，并通过藏品的展示，对古代艺术史中的许多具体问题提出了科学的解释。

展出的效果极佳，较好地提升了故宫博物院的陈列和展示品位。唐兰在陈列总结中指出："在过去……陈列时往往没有提纲，等陈列完后，才就已定的形式加上一些说明，所以说明内容大都是表面的、客观的叙述和空洞的赞美。这次陈列一反过去的做法，首先在主题、分题上努力，并在说明文字里提出了我们的看法，力求贯彻马列主义与毛泽东思想，运用历史唯物主义与辩证唯物主义，对我国古代艺术历史发展中的具体问题，进行了较细致的分析。"②

这次陈列展示后筹建组成的历代艺术各馆，使故宫博物院旧貌换新颜，得到了社会各界的好评。至今，故宫博物院各馆仍然大体按照唐兰设计的陈列大纲进行展示。

自 20 世纪 50 年代起，唐兰默默无言地在紫禁城的高墙大院内辛勤耕耘，摒弃一切私心杂念、名利地位，全身心地做好本职工作，一步一个脚印，奉献出自己的聪明与才智。

---

① 唐兰：《中国古代艺术的宝库——记故宫博物院的历代艺术馆》，《唐兰全集 3：论文集中编（1949—1966）》，第 1127 页。

② 唐复年：《忆父亲唐兰》，《唐兰全集 12：书信·诗词·附录》，第 330—331 页。本书"纪念文选"已收录。

他的工作业绩得到了党和人民的认可，他从设计员起步，先后升任和兼任研究员、学术委员会主任、陈列室主任、美术史部主任，直至故宫博物院副院长。

在他的任内（1961年3月—1979年1月），故宫博物院获得突飞猛进的发展，成为世界顶级的博物院之一，为新中国争得了荣誉。唐兰为此做出了杰出的贡献，在故宫博物院建院的历史上，留下了浓墨重彩的光辉的一页。

新中国成立后至"文革"前，唐兰还担任中国历史学会理事、中国科学院历史研究所学术委员、北京市政协委员等职。他长期在故宫主持业务、学术领导工作，他在生命的最后二十多年，再也没有离开过故宫。

三、指导各地重要的考古发现

这期间，各地重要的考古发现常请唐兰指导，特别是新发现的铭刻资料，多请他帮助释读。他的作品反映出在这一时期里国内各考古工地上几乎所有重要的发现，他都做出过深入的观察与研究。

如辽宁喀左的窖藏青铜器、陕西周原发现的窖藏青铜器与西周甲骨，考古工作者都在第一时间来请教他。对喀左铜器，唐兰一见就指出这是古代孤竹国铜器，后来李学勤循此考证出器上铭文即有"孤竹"两字。

1958年，湖南出土有鞘铜剑，唐兰当即写了《说剑》一文，结合出土实物及传世藏品，详细论证了《考工记》等文献中有关剑的各部位及其附属物名称的来历，并提出剑的出现与发展是出于我国春秋以后步战的需要，其来源应是戎狄部族。

湖北江陵望山楚墓发掘后，唐兰率先考释出越王勾践剑的铭文。1965年，为了破解"王者之剑"上两个鸟篆铭文，湖北武汉的专家们将剑身铭文做了认真仔细的临摹、拓片和拍照，而后把信与照片寄给全国十几位最有名的考古学家、古文字学家及历史学家。破解剑主人之谜的研究工作，以一种最传统的方式在全国展开。

没过多久，学者们对宝剑铭文的研究成果陆续反馈至武汉，其中便有郭沫若的答复。郭沫若赞同方壮猷先生的初步研究结果，认为此剑中不能确定的两字为"邵滑"，甚至认为邵滑是越王玉的名字。这位被人称为三百年来中国最有才气的学者，天下知名的解读甲骨文专家、中国科学院院长的研究成果，自然可称权威。一些学者便亦步亦趋地"邵滑"了。

但唐兰却不然，他提出了自己不同的见解。他在回信中明确指出，此剑的主人不是别人，正是中国历史上最具传奇色彩的君主之一越王勾践。唐兰对鸟篆（即虫书）早有研究，在《中国文字学》中将"虫书"列为四种文字之一。他写道："虫书，春秋战国之际就有鸟虫书，大都用在兵器上，鸟形跟虫形的图案往往错见。"他还写道："从秦朝同一文字以后……六国文字已失传……六国末年的兵器又都销毁。"所以这把"王者之剑"的出土，引起了他的重视。他对鸟篆铭文的分析是一个费尽脑汁的过程。他先推出了一个很奇怪的名字——鸠浅，然后运用他娴熟的古文字辨识功底，应用"通假"法，论断"鸠浅"正是"勾践"两字的通假字。

唐兰缜密的、无懈可击的研究成果，在当时的学术界引起轩然大波。经过近两个月的沉默,郭沫若改变了自己原来的意见,在给武汉方面的复信中,郭沫若写道:"越王剑,细审确是勾践之剑。"

1977年夏天,在陕西考察凤翔秦都雍城地下建筑,唐兰当场指出其地即《诗经·七月》之"凌阴",后终被考古学者确认为秦公的冰窖。

四、重视故宫文物的学术研究

早在1934年,唐兰就对寿县出土的铜器进行了考证,并在北大《国学季刊》第4卷第1期上发表了《寿县所出铜器考略》的论文。这批铜器由故宫购入后,经过比对,实物更印证了他考证的正确。1946年,唐兰在担任教育部清理敌伪文物委员会委员时,著名学者、文物鉴赏家王世襄和故宫的几位同事将一批青铜器拉回到故宫绛雪轩,在各界代表监督下清点查收后存入延禧宫库房。这批文物共240余件,除宴乐射猎攻战纹铜壶外,还有商代兽面纹大钺、商矢壶、商提梁卣、玉柄钺、爵杯等,都是价值连城的稀世珍宝。唐兰在场接收清点后,对青铜器壶做出鉴定,为其取名"宴乐射猎攻战纹铜壶",得到学术界公认。

唐兰对祖国文化遗产和文博事业的热爱,使他全身心地投入这项事业。

唐兰非常重视学术研究,并且重视提高本院工作人员的专业素质。他积极组织各种专业的学术报告会,广邀院外的专家、学者来院讲学或兼任顾问。他认为,展览陈列必须以科学研究作为基础。

唐兰在调入故宫博物院之后，就有创办院刊的想法。他有在故宫打造一座学术交流的桥梁和平台的意愿。他结合在天津办刊的经验，向院领导积极建言献策。

在时任故宫博物院院长吴仲超的倡导和呼吁下，经文化部批准，故宫博物院决定出版不定期学术刊物《故宫博物院院刊》（以下简称《院刊》）。在故宫博物院的档案中，存有1958年7月24日吴仲超院长致信文化部关于出版《院刊》问题的请示原件。

唐兰等人几经努力，于1958年出版了第1期《故宫博物院院刊》。吴仲超院长发表了题为《反对保守，解放思想，依靠群众，力争上游》的文章，为故宫博物院的学术研究及编辑出版工作发声支持。第2期《院刊》在1960年出版，对新中国成立以来故宫博物院开展的各项研究工作进行了梳理和回顾。

这两期《院刊》，汇集了唐兰和众多著名学者结合故宫的收藏实物、建筑遗存和博物馆建设而撰写的数十篇质量极佳的学术论文，推进了文物、历史等众多学科的发展。

这两期《院刊》的出版，标志着一个崭新的、独具特色和魅力的学术刊物的诞生。《院刊》的诞生为故宫学术工作的展开提供了平台。

由于处于特殊时期，原定于1960年出版的第3期，一直到1964年底依旧未能出版。这一期早已编辑好的期刊，除个别文章在《院刊》复刊后发表外，目录和文章时至今日依旧尘封于故宫博物院的档案之中。

至20世纪70年代末，故宫博物院的各项工作逐步进入调整恢复阶段。1978年，院方向文物局党委提出了恢复出版《院刊》的申请，后经请示中宣部得到批准，由刘北汜先生出任主编。

《院刊》于 1979 年正式复刊出版。但唐兰已经与世长辞，未能目睹《院刊》的复刊。

这一时期，《院刊》的期刊定位和内容架构得到进一步确立，形成了自身的期刊品牌和学术特色。自 1979 年复刊开始，《院刊》按季刊发行，每年 4 期，2000 年起改为双月刊，从未间断。

自 1958 年创刊至 2018 年，《院刊》共出版整 200 期。

故宫博物院基于历史新时期的发展需要，为进一步扩大刊物的学术影响力，增加刊录文章的数量，以及提高刊发文章的时效性，于 2019 年起，将双月刊改为月刊。

作为故宫博物院主办的学术性刊物，《院刊》致力于发表有关故宫博物院藏品、宫廷历史、古代艺术、古代建筑及明清档案的学术论著和相关资料。文章范围涉及明清历史、文物研究（包括古书画、古器物、古文字研究、佛教美术、美术考古等）、古建筑、考古学、文保科技、博物馆工作等，倡导运用多学科结合的方式研究文物及其发生的历史和相关场域。

自复刊以来，《院刊》的学术水准和影响力得到了逐步提升，也获得了同行从业人员以及海内外学者的高度肯定，在国外众多知名大学及研究机构中，都可以看到《院刊》的身影。

这本已有 60 多年历史的《院刊》，如今越办越好，已经成为故宫博物院的一张金字招牌。打造这张金字招牌的故宫博物院研究室杨安等一群青年学者，经过不懈努力，使《院刊》不断加快自身的发展，进一步在我国各类期刊评定体系和机构中，确立了稳固的核心期刊地位。

五、中国金石学的集大成者

唐兰对故宫博物院收集的古代青铜器和石刻碑碣的鉴定贡献颇大。

鉴定古代青铜器和石刻碑碣是一门综合性社会科学,它在国学上定名为金石学。从金石学衍生出考古学、古代史学、古文字学,还可以涉及冶炼技术、古代分国断代、古代地理疆域等社会科学门类。

唐兰在故宫博物院进入了他的"青铜器时代"。他是中国金石学这门综合性社会科学的集大成者,对从金石学衍生出的各社科门类都有卓越的研究成果,做出了重大贡献。

中国隋唐以前就有古器物出土,也有学者谈及。东汉许慎《说文解字·叙》说:"郡国亦往往于山川得鼎彝,其铭即前代之古文。"可是直到宋代,金石之学才勃然兴起,也产生了著名的金石学家,像欧阳修、薛尚功等人。元、明两代,金石之学境况一落千丈。清代中期起,金石之学才又兴旺起来,最著名的有阮元的《积古斋钟鼎器款识》、吴大澂的《愙斋集古录》《说文古籀补》、孙诒让的《古籀拾遗》等。至清末民初,在金石学上稍有成绩的便是王国维撰写的《宋代金文著录表》《国朝金文著录表》《两周金石文韵读》《两汉金石文韵读》,"两表""两韵读"是独步当时、无人能及的金石学领域的杰作。

唐兰有志于此学,从早年学习和研究孙诒让、罗振玉、王国维等前辈的学识窠臼中脱颖而出。他指出:阮元的《积古斋钟鼎彝器款识》煽动一股射覆猜谜风气;吴大澂把"宁王""宁考""宁武"等中的"宁"解释为"文",为"两千年来所未有"。

他剖析了罗氏用器物分类方法的弊病，从文字学观点出发，着眼于时代和地域的区分，提出新的分类法，把已发现的材料分为殷商系文字、两周系文字、六国系文字和秦系文字。

他将古文字材料的来源分为两类：一是古书，二是古器物。他指出，古文字的研究应以古器物作为主要对象。先把认识的古文字所用偏旁按照单位独立分解出来，然后把各个单体偏旁的不同特点分别开来，研究它们的发展变化。在考证不同时期偏旁变化的基础上，再来辨识每个文字。这个方法一经发布，即为当时大多数研究古文字的学者们所采用，现在已成为考释古文字最有效的方法。

他连续发表了 50 余篇研究青铜器的专题论文，对青铜器的鉴定和铭文考释做出了十分重要的贡献。故宫博物院研究员杜廼松先生为纪念唐兰百年华诞而作的《唐兰先生在学术上的贡献》[1]一文中写道，唐兰"强调偏旁分析法研究横的部分，历史考证研究纵的部分。这两种方法是古文字研究里最重要的部分，而历史考证法尤其重要"。这位从 20 世纪 60 年代初期大学毕业后分配至故宫博物院工作的杜先生深情地回忆道："到院后，时任副院长的先生专门找我谈话，让我从事青铜器和古文字研究，还语重心长地对我这个才参加工作的青年人说，要在业务上打好坚实的基础。先生的教导，我终生难忘。"

1956 年，唐兰受文化部委派，出访北欧的芬兰和瑞典两国。能作为新中国人民的文化使者出访他国，这是党和人民给予的一份荣誉，更是党和人民托付的神圣使命。要在异国的讲台上，面

---

[1]　杜廼松：《唐兰先生在学术上的贡献》，载《中国文物报》2000 年 12 月 27 日，第 3 版。

对两国的著名专家、学者演讲好中国艺术的发展，把既有几千年悠久历史，又拥有无数璀璨瑰宝的中华文化在有限的篇幅内向世界展示，与同行交流，这位"笔耕北国未曾闲""平生险处看来惯"的"浙江俊士"的心情自然是又兴奋又自信。

唐兰在演讲中，从陶器、青铜器、竹简，到布帛、甲骨和敦煌石窟等中国古代艺术品和中国古文字学，纵贯数千年，横揽各门类，滔滔不绝，侃侃而谈，赢得了与会者的赞誉。尤其是甲骨学，因其与埃及的纸草、巴比伦的泥版文书等都是世界文化瑰宝，引起了两国学术界的浓厚兴趣。

唐兰与芬兰、瑞典两国的汉学家们交流和切磋，相互之间增进了友谊和了解。他还参观了两国的博物馆，详细考察了保存在那里的甲骨。他认识到，中国近百年来出土的10万多片甲骨，除珍藏在中国大陆（内地）41个城市及台湾、香港等地区的博物馆、图书馆、学术研究机构及收藏家那里外，美国、英国、德国、法国、日本等10多个国家的博物馆和科研机构还有数量不等的收藏。这些甲骨分散在世界各国，给甲骨学的研究带来了困难。因为甲骨出土时很少完整无缺，后来又形成了一条卜辞的上文在中国，下文却流散在外国的现象，所以他很希望收藏甲骨的各国博物馆及各国的汉学家，能将各自的甲骨文字拓印并进行学术交流。但此项工程巨大，显而易见非一人一国所能完成。

满载着芬兰和瑞典两国学术界的友谊和圆满完成使命的胜利喜悦，唐兰启程回国。在苏联莫斯科换乘班机时，他趁隙专程前往红场，瞻仰列宁和斯大林的遗容。在无产阶级革命导师列宁墓前，他胸中汹涌着一股热流，更坚定了要参加光荣的中国共产党的决心。（唐兰在北平解放时，就向彭真同志递交了入党申请书。）唐兰回到上海之后，顺道回故乡探亲。此后，他再也没有回到这片他十分眷恋的故土。

六、故宫学术工作的奠基者

2005 年金秋时节，首部《唐兰》问世，恰逢故宫建院 80 周年。从 1925 年至 2005 年，29200 次日出日落，80 年栉风沐雨，紫禁城中，在 24 位皇帝渐去渐远的历史背影里，有 5 位院长曾经或现今依然是紫禁城的守护人、杰出学者和领导者，他们是易培基、马衡、吴仲超、张忠培和郑欣淼。在他们的带领下，历史故宫向学术故宫嬗递，对故宫大规模的保护及对其文化的弘扬成功展开。故宫博物院的学术研究事业因而"从自发到自觉"（郑欣淼语）地形成一门新的学科，这便是"学术故宫"。

故宫博物院有着明清两代的皇宫、150 万件文物、80 年的研究成果，可以成为一门学科。学术故宫研究的范围很广泛，内容很丰富，涉及整个中国文化，包括中国文化史、美术史、明清史、宫廷建筑史、宫廷文化史等。

在 80 年的学术故宫研究中，唐兰做出了极其重大的贡献。从 1931 年至 1979 年，近半个世纪的春花秋月，他与故宫结下了不解之缘。他是守护故宫时间最长的一位卓越领导者、杰出学者，在中国文化史、美术史研究、文物保护与鉴定领域占有重要而独特的地位。他是历史故宫向学术故宫嬗递过程中，保护和弘扬故宫文化的关键人物，是故宫学术工作的奠基者。

从 1420 年到 1911 年，近 500 年的时光流转、朝代更替，中国漫长封建帝制的最后两个朝代的 24 位皇帝在这个占地 72 万平

方米、建筑面积达 167 万平方米的紫禁城内，演绎了一幕又一幕
"普天之下莫非王土"的传奇。

辛亥革命的滔滔巨浪，将帝王们曾经至高无上的皇权和威仪
统统淹没在历史的长河之中，宣告了中国封建帝制的覆灭，但留
下了连绵不断的宫殿和 150 万件皇家收藏为主的珍贵文物。

于是，有了故宫博物院。

故宫博物院是中国著名的明清宫廷史迹及古代文化艺术综合
博物馆。这座我国最大的博物馆成立于 1925 年 10 月 10 日，院
址在北京天安门北面，1928 年组织理事会，改为国立，设古物、
图书、文献三馆，专事保管和研究故宫的历史文物、档案资料、
宫殿建筑及我国古代的艺术珍品，并整理展出。

1934 年 5 月，马衡先生担任故宫博物院院长。九一八事变
后，在马衡先生主持下，故宫博物院曾将部分藏品南迁上海，转
移南京。1937 年卢沟桥事变爆发后，又举库西移，辗转抵达重庆，
使祖国的稀世珍宝得以保存。至 1947 年，文物全部运至南京，
后又有大批文物运至台湾，设台北故宫博物院。

新中国成立后，1950 年 1 月，留存在南京的文物归来，这
批自 1933 年离开故宫的文物，时隔 17 年重新回到故宫。马衡守
护故宫文化瑰宝，真是朝斯夕斯，念兹在兹。他担任故宫博物院
院长近 30 年，在他的任期内，他守护着深厚而坚韧的文化根脉，
从容不迫地面对一切困难和险境。郭沫若先生曾做如此评价："马
先生为人公正，治学严谨，学如其人，人如其名，真可谓既衡且
平了。"

在这 30 年中，唐兰作为兼职的故宫专门委员，与马衡携手
并肩，精诚合作。他们两位好友为圆共同的金石梦、故宫情，努

力典守文物，赓续文化，功莫大也。故宫因此在这两位长期守护者的光辉人生中留下鲜明的印迹。

马衡离任之后，人民政府取消故宫博物院理事会，任命吴仲超为院长、院党委书记，并委唐兰以重任。唐兰等专家学者有计划地修缮了故宫的古代建筑，大量收集文物、档案，陆续整理、陈列，设立绘画、青铜器、陶瓷、明清工艺美术、珍宝等专馆，使故宫各馆成为对广大群众进行爱国主义教育的重要场所。

唐兰在《故宫今昔》一文中对故宫博物院在新中国成立前后的状况指出了一个明显的对比，他的这篇文章为研究故宫学的学者提供了十分珍贵的史料。

　　"九一八"以后，古物南迁的时代里，博物馆的藏品一空，陈列室就更不像样子了。一直到解放初期，在南京库房里的大批珍贵文物，被蒋帮劫运到台湾去了。北京紫禁城里的文物，号称上百万件，真假、好坏都分不太清，也没有确切的数字。据说要彻底搞清，需要两百年的时间。所以这时的书画陈列室只有三十四件，铜器陈列室只有六十四件，陶瓷陈列室还算多一点，也只有二百二十件，跟国家博物馆的地位很不相称。[1]

这是新中国成立前故宫博物院的一副破败景象的"昔"。新中国成立后，在唐兰等故宫人的辛勤努力下，"通过大力地清理文物与非文物，在短短几年中，所有库藏，现在已经完全有底有数了。通过故宫博物院的改组，陈列、保管各有专职；并逐渐发展

---

[1] 唐兰：《故宫今昔》，《唐兰全集：3 论文集中编（1949—1966）》，第 1083 页。

了进行科学研究的组织，成立了各种专门委员会，如：绘画、雕塑、铜器、陶瓷等等。……十年来故宫博物院的陈列是在科学研究的基础上日益发展的。一九五二年完成了陶瓷馆，一九五三年完成了绘画馆，一九五四年完成了国际友谊馆，一九五八年在'大跃进'中完成了青铜器馆、雕塑馆和珍宝馆，这些陈列都是比较大规模的，有系统的陈列……一九五九年继续跟进，完成了文化艺术史部分的中心陈列，历代艺术馆……"①

1956 年 5 月，唐兰在全国博物馆工作会议上的发言中说道："大力抽调人力来开展科学研究工作……在科学研究方面，提出了下列十二项具体工作……鉴定是博物馆科学研究工作中最主要的工作之一。对传世古文物的区别真伪，需要各方面的专门知识，不仅仅靠经验。例如：鉴别绘画，必须熟悉每一时期绘画的风尚，每一类绘画的特点，每一种画派的源流，每一个画家的特性和他一生中的发展等，还必须研究纸、绢、笔、墨、颜料、图章、印泥、装潢等等……鉴定工作，还不仅仅局限于鉴别真伪，还需要确定文物的时代、地域、作者、名称、用途等等，才能写出很好的科学记录。尤其重要的是需要具体地指出它的科学价值、历史价值……"②

这是故宫博物院的"今"，也是故宫博物院重视科学研究之开局。从中可以看到，自从唐兰 1952 年调入故宫博物院至 1959 年，紫禁城旧貌换新颜，发生了深刻巨变。

---

① 唐兰：《故宫今昔》，《唐兰全集：3 论文集中编（1949—1966）》，第 1083—1084 页。

② 同上，第 947—948 页。

第九章

石破天惊，青铜断代

一、破解千年之谜，测定石鼓文年代

唐兰在金石之学方面的卓越成就在石鼓文的考释方面得以体现。

隋代在天兴县（今陕西凤翔）出土刻石文字十块。在十块花岗岩质的鼓形石上，每块均刻有七十来字的长诗，内容都记录和歌咏秦国国君狩猎之事。由于石形如柱础，又称"猎碣"（这是俗名，唐兰称之为雍邑刻石）。刻诗文体、格调与《诗经》大小雅相近，字体近于《说文解字》所载籀文，其书法历来得评价甚高，在文学、历史学、书法诸多方面均有很高的价值。这是历史上最煊赫的刻石，从隋朝在天兴县的三田寺源发现以后，书法家欣赏它的字体，文学家吟咏这一古迹，辩证注释可以汇集成一部大书。唐兰早年在嘉兴商校读书时，对唐代诗人韩愈的七言古诗《石鼓歌》情有独钟。他将全诗抄写贴于房内墙上，对诗中的"辞严义密读难晓，字体不类隶与蝌。年深岂免有缺划？"心向往之，很有"嗟余好古生苦晚，对此涕泪双滂沱"之同感。宋人为使石鼓文字免受损害，曾填嵌金泥加以保护。

自唐以来，此石鼓文制作年代一直有分歧，至近代开始，学者一致认为其是东周时秦刻石，马衡、郭沫若等认为刻于春秋时期。唐兰在《中国文字学》一书中主张，石鼓文作于秦灵公时代（公元前 424—前 415 年），即春秋时代中晚期。他根据《史记·秦本纪》记载秦文公十三年（公元前 753 年）前"初有史以记事"，再按《吕氏春秋·音初篇》记载秦穆公时始有诗歌，推断出石鼓文之作不可能早于秦穆公时代。同时，他找出一个新的确定石鼓文制作时代的原则，即铜器中用"朕"而不用"吾"作为人称代词，用"吾"时又不用"朕"；用"朕"在前，用"吾"在后。秦景公时的铜器都用"吾"字。他将这一新的原则作为推断石鼓文作于秦灵公时代的依据和佐证。后来，他对藏于故宫博物院馆的十枚石鼓做了实物考证，写成《石鼓年代考》。按照上述两个原则，他确认石鼓文年代应作于秦灵公时代，在学术界引起了很大的反响。

2004 年 9 月，北京人头骨、故宫三馆、中国蜡像馆、"拥抱'神舟'"以及国防科技展等五大展览在北京陆续拉开帷幕，远自远古始祖，近到尖端武器，让人们目睹了活着的历史。而关闭了十余年的石鼓馆与珍宝馆同在一个院落里，十只灰色的、形状有如秤砣的石鼓，被放在展厅正中的玻璃展柜里，两边的墙壁上是石鼓上文字的拓片。此次石鼓陈列，对石鼓具体年代和石鼓文的释义文，主要依照金石学家唐兰的意见。通过系统展示与石鼓时代相近的秦国铭刻，观众得以了解石鼓文的演变。在学术界聚讼纷纭的石鼓年代问题至此已有定论。

二、坚持中国文字改革的正确方向

唐兰的《古文字学导论》和《中国文字学》为保卫和推广汉字起到了不可替代的巨大作用。

在近代中国"五四"时期，五四运动的先驱者胡适、傅斯年、钱玄同、陈独秀、李大钊、瞿秋白，还有鲁迅先生等，他们用词激烈地对汉字说了一些过头的话，有些矫枉过正地把"脏水连同小孩子一起倒掉"，陷入了过于简单化的、非此即彼的思维泥淖，提出了"汉字落后论""汉字拉丁化"，更激烈的还提出了"全盘西化""废除汉字、汉语，要中国人一律说法国话"的主张。这虽是一种时代的烙印和局限，但在我国思想界和学术界还是造成了一定的混乱影响。尤其是瞿秋白、鲁迅这些具有深远影响力的民族精英、社会名流对汉字的声讨和诅咒，发表的"汉字不灭，中国必亡""完全脱离汉字的束缚"的言论，使得汉字危机四伏，其地位摇摇欲坠。

唐兰是一位具有独特风格的学者，他在复杂多变的政治风云及各种文化思潮的碰撞中，以临危不惧、独具慧眼而闻名于世。在汉字去留存灭这一事关中华民族文化存亡的大问题上，他旗帜鲜明地表现了他的理论勇气和科学精神。在汉字拉丁化思潮最为时髦的时期，他发表了《古文字学导论》，有力地捍卫了中国的优秀传统文化和汉字。他的《中国文字学》再次表明了维护汉字不被拉丁化和反对以简化汉字为名、行取消汉字之实的鲜明学术态度。

唐兰在新中国成立后参加了中国文字改革委员会的活动，他无私无畏地树起了一面保卫和推广中华民族文化之根本——汉字——的大旗,坚持汉字改革正确的方向。

唐兰珍爱和护卫自己祖国的文字,是一位具有民族自豪感的爱国知识分子,是受人钦佩的中国学者。

新中国成立之初,《中国文字学》问世不久,唐兰看到文字改革运动中出现了全面否定汉字的错误倾向,他立即投身于保卫汉字的斗争。1949 年 10 月 9 日,他发表了《中国文字改革的基本问题和推进文盲教育、儿童教育两问题的联系》一文,指出"文字改革的主要目的是使文字易于学习,但改革文字必须注意到中国的具体环境。中国语言同音字众多,改用纯粹的拼音文字是不可能的。考虑到汉字承载着过去的历史文化,完全废除汉字更是行不通的"。他提出了新文字的性质即"中国文字的简化与拼音化"。他认为:"中国文字已经开始简化……当然,简化还仅仅是这个革命的起点,中国文字改革的最终目的是拼音化。毛主席说'要走世界各国文字共同的拼音的方向',已经十分正确地提出我们应该奋斗的目标。"他指出这个目标是"在简化的基础上进行拼音化"。[①]1956 年,他在《中国语文》上发表了《论马克思主义理论与中国文字改革的基本问题》,提出"斯大林的'语言没有阶级性''不是上层建筑'等理论同样适用于文字,是中国文字改革应该遵循的马克思主义基本理论"。他说:"文字是没有阶级性的,它不是上层建筑,因之是不能爆发的,主张文字的爆发。主张废除汉字,另外创造新字,是错误的。"[②]

---

① 唐兰:《中国文字改革的基本问题和推进文盲教育、儿童教育两问题的联系》,《唐兰全集 3:论文集中编(1949—1966)》,第 803—813 页。

② 唐兰:《论马克思主义理论与中国文字改革的基本问题》,《唐兰全集 3:论文集中编(1949—1966)》,第 916 页。

　　他的文字改革观点曾遭到《中国语文》编辑部指责，他认为"创造新的拼音汉字体系的做法是不现实和错误的"，而《中国语文》编辑部认为"汉字拼音化"是"反对文字改革"，"要提出阶级立场的问题"。该刊组织了 18 位专家学者进行座谈，并发文批判唐兰的"错误"观点。在重压之下，1957 年 4 月，唐兰先后在《人民日报》和《光明日报》上发表了《行政命令不能解决学术问题》和《要说服不要压服》两文，提出"中国文字有很大优点，而其繁复难学的缺点是可以逐渐克服的"。他呼吁："但在科学真理面前，尽管编者早就判决'汉字拼音化'的主张是不正确的，我却认为可以不服从判决，申述一下自己的意见。"[①]"对科学家来说，他必须坚持真理，官高权力大，他不怕；人多势众，他不怕；给他扣大帽子，他也不怕。你要有理，你可以说服他，压制是没有用的。"[②]他始终坚持他的观点："通过什么道路走向拼音文字，现在主要的趋向有三方面。一、不改或小改，像弄点简体字什么的；二、彻底地改，另造一套文字，不要原来的文字了……三、从汉字本身去发展。我是趋向于第三种意见的。我认为要改，要走拼音的方向，但是要从汉字本身发展的方向去改，也就是说逐步地去改，改革文字不等于另外创造一种文字。"[③]

　　在 1957 年春夏，"反右"声浪逐日高涨，唐兰已临险境，但他不畏高压，坚持己见，连续在报刊上、座谈会上，甚至在批斗"右派分子"的会议上仍然据理力争，提出"行政命令不能解决学术问题""要说服不要压服"的意见，坚持"中国文字具有优良传

---

① 唐兰：《行政命令不能解决学术问题》，《唐兰全集 3：论文集中编（1949—1966）》，第 976 页。

② 唐兰：《要说服不要压服》，《唐兰全集 3：论文集中编（1949—1966）》，第 979 页。

③ 唐兰：《文字改革座谈会记录》，《唐兰全集 3：论文集中编（1949—1966）》，第 995 页。

统，中国文字应该改革"的正确主张。①

在唐兰等众多有识之士的建言、抵制、斗争中，1957年底，国务院公布汉语拼音方案。唐兰在《祝贺汉语拼音方案草案的公布》一文中写道："用拼音方案来为汉字注音，既能使几亿文盲迅速认识文字，提高文化，又可以统一文字的读音，为推广普通话奠定基础。"②这个方案的公布实施，验证了唐兰坚持的汉字改革方向的正确。

坚持汉字改革的正确方向，唐兰为此付出了毕生的精力和心血，直至晚年，他还在规划着文字的改革。1978年，《中国语文通讯》第3期全文发表了他在语言研究所召开的座谈会上的讲话——《文字学规划初步设想》。他说道："文字改革必须走拼音方向。1958年，周总理指出了当时文字改革的三项任务是：简化汉字、推广普通话、制定和推行汉语拼音方案。这是为走向拼音方向铺平道路，是十分正确、十分及时的。现在经过了20年了……文字改革必须走在前面。"怎么才能在建设现代化中国时，让文字改革走在前面？他提出了55个文字学规划的初步设想，其中有他想要在1985年完成改编或撰写的十余部著作，包括《文字学概论》《中国文字学》《古文字学》《近代文字学》《中国古代意符文字研究》《商周文字研究》《西周青铜器铭文分代史征》《石鼓文研究》《仓颉篇研究》《说文解字研究》《字源学》等。这些著作占整个规划的五分之一，真是勇挑重担，无私奉献。其实他在1977年已在撰写《殷虚文字综述》《西周青铜器铭文分代史征》两部大书，谁知不到两年，唐兰就遽然逝去，这两部书和整

① 唐兰：《中国文字应该改革》，《唐兰全集3：论文集中编（1949—1966）》，第999页。

② 唐兰：《祝贺汉语拼音方案草案公布》，《唐兰全集3：论文集中编(1949—1966)》，第1015页。

个文字学规划终究未能完成。无论对唐兰还是对后人来说，这都是极大的憾事。

三、《西周青铜器铭文分代史征》——权威之作

唐兰从 20 世纪 20 年代起就留意和学习款识之学。1935 年 12 月，唐兰写成《参加伦敦中国艺术国际展览会铜器说明》，并在展览会开幕之日出版。这次伦敦艺展是中国文物第一次远征，也是年轻的唐兰第一次参加博物馆文物重大展览工作。这对唐兰而言是一次重要的业务锻炼，初战告捷。他真正从事青铜器研究是在调入故宫博物院之后。[①]

中国古代青铜器内容丰富而深刻，研究的内容和课题很多，其中青铜器的分期与断代是研究的重要内容之一，尤以西周青铜器分代最为学者们重视。

20 世纪系统地研究西周金文分代的作品，30 年代曾有郭沫若的《两周金文辞大系》，50 年代有陈梦家的《西周铜器断代》。郭书创通体例，首倡以标准器断代法联系西周铜器；陈书沿袭郭书体例，并注重结合考古实践的成果。唐兰在西周铜器断代上做出了卓越的贡献。他主要利用研究西周青铜器铭文的方法来解决西周青铜器的断代问题。他在几十年科研积累的基础上，将西周铜器断代研究不断地理论化和体系化。

他的学术论文《中国古代历史上的年代问题》《春秋战国是封建割据时代》《中国古代社会使用青铜农具问题的初步研究》《西

---

① 参见杨安：《苔岑之契 师生之谊——谈马衡与唐兰的交往》。

周铜器断代中的"康宫"问题》等,都在学术界产生了广泛而深远的影响,尤其是对"康宫"问题的论述,弥补了郭沫若先生《两周金文辞系图录》的某些缺憾。

早在1929年,唐兰研究矢令方尊时,就实质上提出了"康宫"断代问题。1934年,他又发表了《作册令尊及作册令彝铭文考释》一文,进一步论述了这一问题。后来郭沫若、陈梦家等不同意唐兰的结论,从不同角度对这一论题进行了反驳论述。1962年,唐兰终于把这个萦绕脑中三十余年的悬案写成《西周铜器断代中的"康宫"问题》长文发表。该文通过深入考证西周的宗法制度和祭祀制度,具体针对郭沫若、陈梦家等提出的不同意见,从各个方面逐条做了详尽的解释。文章论定金文中的"京宫"是太王、王季、文王、武王、成王的宗庙,"康宫"是康王的宗庙,康宫中的昭、穆、夷、厉应为昭王、穆王、夷王、厉王之庙,金文中凡记有诸王宫庙之铜器皆应为诸王身后之器。文章再一次论定"康宫原则",使之继王国维、郭沫若"标准器断代法"之后,成为金文断代的又一重要标准。此标准提出后,不断得到新出土铜器铭文验证,屡试不爽,至今未见与其冲突而不可解释者。这个断代标准逐渐为多数金文研究学者认同。这不仅解决了一批铜器铭文的断代问题,也影响了对西周史的一些问题的分析。1973年,唐兰为了对历史负责,在此文基础上,写了《论周昭王时代的青铜器铭刻》长文,重点解决昭王铜器。这是继1962年《西周铜器断代中的"康宫"问题》之后的又一篇重要论文。周昭王西征是西周历史上的大事,但史书上记载这一史事简略,后人对这一历史研究也没有提到一定的高度。唐兰依据宋代以来发现的西周青铜器铭刻,以载有南征伐楚荆等有十分明确的铭文证据的标准器为核心，据其内在联系将诸器铭文汇集在一起。文章上篇汇集昭王时代有南征记载的 53 篇铭文，逐篇做了考证；下篇以事件、人物、器形花纹、出土等项列表排比，找出各器之间的联系，再结合有关文献，从铭文的专名、惯语、文法、文字结构、书法等方面分析此期铭文的特点。唐兰利用"康宫原则"把一批过去认为是成康时期的金文资料重新定位，进而用昭王铭文梳理出昭王两次南征的大概历史轮廓，为利用金文资料重新全面研究西周史清除了认识上的障碍。

在此基础上，他撰写了《西周青铜器铭文分代史征》(以下简称《史征》) 一书，将西周载铭文的青铜器系以王世，自成体系，每一王世有总的介绍，每器都有释文和译文，多数还有注解，可谓是西周青铜器断代的一项重要工程。唐兰的《史征》未完稿发表于 70 年代末，继承了上述两篇论述"康宫原则"论文的框架，辅之以用"康宫原则"断代，系统结合西周文献，增加了大量新出金文资料，明确地提出了用西周金文重写西周史的任务。这部凝聚他一生心血和学识的作品，是一部我国金文研究史上极具创造性和总结性的权威之作。遗憾的是，此书只整理到穆王世时，唐兰便与世长辞了。他在有关西周青铜器断代研究方面的贡献是空前巨大的。

在唐兰去世前的三年 (1976—1978)，他带病竭尽全力撰写的《史征》一书，原计划要写 3 卷 200 万字，但是他生前只写了 50 万字。该书后来由唐兰次子唐复年据遗稿加工编辑后出版。书稿写到穆王，已收入的穆王世 36 件铭文已写就，但总论尚未及写。全书以王世为纲，前有总论，后有对该王世诸铭文的详尽训释，每篇铭文有释文、意译、注解、说明等项。书稿里还有一篇

48 页纸的铜器铭文释文集录，共收入武王到夷王的铜器 269 件。该集录写于 1976 年，是全书撰写之前初拟的写作提纲，尚缺厉、宣、幽三王时期的内容，我们从中可以了解唐兰对夷王以前诸器的释文和断代的初步想法。

中国古代历史典籍以及后代史学著作均因为文献不足而存在着许多错误，近现代出土的古物、古器、古籍等，已经逐渐填补了文献不足的空白，尤其是唐兰根据出土青铜器铭文的释读而撰写的《史征》问世，为解决一些众说纷纭的论题，提供了意见统一的时机。

在中国古代历史典籍中，最早有确切纪年的年代始自司马迁在《史记》中追溯到的公元前 841 年，即西周共和元年，在此以前只记王不记年，便模糊一片了。这就给上古史年代研究造成很大的困难。

中国六千年文明史的链条，即自黄帝以降至夏商周三代的确切纪年，便成为历代学者追寻的科学理想。

武王伐纣应该是先秦历史中的一件大事，而伐纣的时间从古到今在历史研究中一直不能得到一致的意见。史学界提出了不下 20 种不同的说法，而争论愈多，愈让人觉得扑朔迷离，难以分辨。其中公元前 1066 年之说是日本天文学家新城新藏在《周代的年代》中提出的，后来被范文澜的《中国通史》和齐思和的《中外历史年表》等采用，影响较大。早在 1955 年，唐兰在《新建设》第 3 期上发表了《中国古代历史上的年代问题》，提出了自己的见解。他认为武王伐纣的时间是在公元前 1075 年，与梁启超、陈梦家、郭沫若等人推定的公元前 1027 年之说，相差了近 50 年。

关于这一推定，唐兰在《史征》中有颇为详尽的考证："西周铜器，应断自武王伐纣开始。据我所考殷历，武王伐纣在公元前一〇七五年。"[①] 他做出此结论的依据是："正由于武王享年最短，建立周王朝后只有两年，所以留下来武王时代的铜器也最少。迄今为止，能确定为武王时代的铜器，只有两件，即利簋与朕簋。"[②] 唐兰通过释读利簋的铭文考证出武王伐纣的时间："（利簋铭文）意译为：武王征伐商国，甲子这天早上，迁移了鼎，战胜了昏（纣），继承了商王朝。辛未这天，武王在阑师，把铜赏给名叫利的一个有司（官名）。利用来做檀公的宝器。"[③] 唐兰在论述利簋的"说明"部分中说："这件铜器所记是武王克殷时事，利为檀公之后，因受赐铜而作簋，在西周铜器中是最早的。赐铜之日为甲子后七日，即武王立政，也仅第四天，可见利在当时是有功的官吏，在论功行赏的前列。"[④] 唐兰首先要释读利簋的铭文，再根据殷历推算赐铜和制簋的时间，推定武王立政的日期。唐兰考证朕簋，进一步推定"武王克殷后回周都大会东、南、北三方诸侯"的时间："武王已成为天子，接替殷王朝了。"武王大会诸侯"是当时的大事"，所以朕簋"铭文记载得颇为详细"。[⑤] 武王在伐纣后第二年就死了，这两件铜器是在这两年内制作。考证制作的年代及其铭文，便可颇为精准地推定武王伐纣的年代。

唐兰在1958年写了《朕簋》，专门介绍这一青铜器。他写

① 唐兰：《西周青铜器铭文分代史征》，《唐兰全集7：西周青铜器铭文分代史征》，上海：上海古籍出版社，2015年，第9页。

② 同上，第12页。

③ 同上，第13页。

④ 同上，第15页。

⑤ 同上，第20页。

道："（朕簋）铭文将近八十字，是商代铜器所没有的。从铭文里可以看出它是武王时代所做，约在公元前十一世纪。"[①] 唐兰对于武王伐纣年代及西周分代做出了权威性的推定，由此可见一斑。

在 1996 年 5 月启动的国家"九五"重点科技攻关项目——夏商周断代工程——中，历史学、考古学、天文学和科技测年学等不同学科门类的 200 余名国内一流专家学者经过近 5 年的反复求证，最后推定武王伐纣是在公元前 1046 年，介于唐兰和郭沫若推定的年代之间。

这一推定虽在史学界颇有争议，但因为有了这个统一的意见，可以陆续往前推算出盘庚迁殷为公元前 1300 年，殷商开国为公元前 1600 年和夏王朝始年为公元前 2070 年。至此，中国上古文明史向前延伸了 1229 年，证实了唐兰的我国自黄帝始有六千年文明史的论断。

唐兰自调入故宫博物院之后，从不间断研究已发现的殷周时期的金文资料，多年来先后写了《郏县出土的青铜器群》《宜侯夨殷考释》《朕簋》《永盂铭文解析》《史喆簋铭考释》《矢可尊铭文解释》《西周时代最早的一件铜器——利簋铭文解释》《关于大克钟》等。其中考释永盂铭文时，唐兰利用铭文中出现的益公、邢伯、荣伯、尹氏、师俗父、遣仲等重要人物，串联起一批时代事件相关联的人物，并列出关联人物表，用来研究西周中期的历史。他写的《陕西省博物馆陕西省文物管理委员会藏青铜器图释叙言》《陕西省岐山县董家村新出西周重要铜器铭辞的译文和注释》《用青铜器铭文研究西周史——综论宝鸡市近年发现的一

---

① 唐兰：《朕簋》，《唐兰全集 3：论文集中编（1949—1966）》，第 1049 页。原载《文物参考资料》1958 年第 9 期。

批青铜器的重要价值》《略论西周微史家族窖藏铜器群的重要意义——陕西扶风新出墙盘铭文解释》等一系列研究成果，为解读我国六七十年代大量出土的考古资料做出了重要的贡献。他对许多铭文所做的现代汉语翻译，有效普及了古代历史知识，现已成为各博物馆中国青铜器先秦陈列的标准译文。

故宫学者刘雨先生在纪念唐兰先生诞辰百年的文章《一代大师》中写道："1999 年 10 月故宫博物院重新改陈的青铜器馆，就是追随唐先生的学术思想而设计的。馆中铜器的断代，贯彻了先生的康宫原则，在上百件有铭文的数据中，凡唐先生考释过的铭文，一律使用唐先生的释文。"① 经过时代和历史的沉淀和检验，唐兰的学术思想得到了后世的认可。

刘雨先生接着在此文中分析了唐先生的学术思想能得到后世认可的一个主要原因："唐先生生前做了许多金文的白话翻译工作，开始我们对此并不理解，以为大学者写通俗作品是一种精力上的浪费。可是当我们自己在编写青铜器馆的改陈大纲时，才恍然大悟，原来先生是在为广大的故宫观众着想，让艰深的青铜器铭文所记载的三千年前的历史故事，为广大观众看懂，除此之外，别无他途。于是，我们一方面把唐先生已做过的白话翻译全文公之于众，同时对大多数铭文较长的铜器，除作了释文以外，也仿效唐先生的做法，写了白话翻译，受到广大观众好评。"②

唐兰"是在为广大的故宫观众着想"，他把为人民服务放在心中最高的位置。

---

① 刘雨：《一代大师——纪念唐兰先生诞辰百年》，原载于《中国文物报》2001 年 2 月 14 日第 5 版。本书"纪念文选"已收录。

② 同上。

四、《甲骨文自然分类简编》——首创之作

与《西周青铜器铭文分代史征》并行，唐兰曾酝酿写一部系统总结自己一生甲骨文研究心得的著作《殷虚文字综述》。作为计划的一部分，他准备先行编一部有文字考释和辞例通读的甲骨文字典。现存的近40万字的遗稿，就是他为编辑这部字典所做的资料考证准备。1999年，唐复年整理编辑成《甲骨文自然分类简编》（以下称《简编》），由山西教育出版社出版。唐兰遗稿原件分三部分：第一部分把孙海波《甲骨文编》的字头打散，分别归入"象物""象人""象工""待问"，前三类编4291号；第二部分从第一部分中选取"象形字"作为部首，"象物"分87部，"象人"分56部，"象工"分55部，"待问"分71部，共设269个部首；第三部分把第一部分中4000多个字头再分别编入200多个部首之下。第三部分完成时，唐兰写道："初稿写成四册：①象万物：估计为八八七字；②象人身：初步估计为一一一三字；③象工具：粗略估计为六七三字；④象器用：约为八〇九字。共约三四四六字，剔除重复、错误，大约不到三千字。写二稿时，首先得将底稿全部与《甲骨文编》核对一过，然后先编'象物'。即须先用此初稿与'象物'底稿再核对一过。其次根据《文编》查核原书。至于直接读各原书，则目的在通文义，定辞例，编《甲骨文全集自然分类简编》。两者必须相辅而行。不应只研文字，脱离卜辞；也不应只搞卜辞，不通文字。一九七六年九月廿七日晚。"

字典虽未完成，但这部遗稿却第一次展示了他的"自然分类法"全貌。在《古文字学导论》《中国文字学》中，唐兰从理论上论述了他构思的这个整理古文字的方案。在《天壤阁甲骨文存并

考释》中，他依法试作了一个检字目录，而此遗稿则全面铺叙了唐兰对全部甲骨文字的分析与归纳的具体内容。我们看到他最后的"自然分类法"概念是以纯象形文字为纲领统率全部文字的，分为"象万物""象人身""象工具""象器用"。较之《中国文字学》的"象身""象物""象工""象事"，《简编》将"象事"改为"象器用"，又进一步纯化了象形的概念。书中对3000余个甲骨文字的具体考释，则全面记录了他晚年最后的释字意见，其中有许多意见是他生前未发表过的。裘锡圭在《回忆唐兰先生》一文中说：

> 我为了在陈列中表示商代的田猎方法，需要用甲骨文中像"隹"在"网"下之形的一个字，问先生这个字应该怎样释。先生说，你就释作从"网"从"隹"的"罜"(zhào) 好了，这个字是见于《说文》的。这个意见，唐先生在此前所发表的书和文章里没有讲过，只见于山西教育出版社一九九九年出版的遗稿《甲骨文自然分类简编》（见 134 页）……我想在《简编》中，类似"罜"字的例子一定不少。①

《史征》《简编》两部未完稿，记载了唐兰对中国古文字学最后的研究成果。

唐兰一生对中国学术史最大的贡献就在于他在中国文字学理论与实践方面的建树。张政烺曾评价说：

---

① 裘锡圭：《回忆唐兰先生——为纪念唐先生百年诞辰而作》，《唐兰全集12：书信·诗词·附录》，第335页。

（唐兰）先生开始考释金文在三十年代，初极认真，曾自谓以孙诒让为榜样，检查成绩，实过之而无不及。①

顾颉刚在总结中国近代史学时指出：

甲骨文字的考释，以唐兰先生的贡献为最大。他有《古文字学导论》《殷虚文字记》《天壤阁甲骨文存并考释》。唐先生在古文字学上，所用的有两个方法，一个是自然分类法，一是偏旁分析法。这两个方法是由唐先生所发现，前者打破了许慎《说文解字》所用的分类方法，后者对于文字的认识是一个很大的进步。由这一个方法，许多不认识的字都可以认识，而其准确性亦极大。②

五、在考古学和上古史学领域做出重大贡献

唐兰在考古学和历史学——尤其是上古史学——两个学术领域，做出很大的贡献。

唐兰以深厚的古文献知识积累，结合其对中国古文字精准的释读，在认识考古新发现的出土资料中发挥过重大作用。20 世纪 60 年代，山西侯马出土大批载书。唐兰于 1972 年从干校返京后，立即撰写了《侯马出土晋国赵嘉主盟载书新释》一文，将已清理公布的载书分为三类，并提出其中两类所记盟誓是在赵襄子鞅死后，赵献子尼继位，赵桓子嘉将尼逐出晋国而自立后，为防范尼

---

① 张政烺：《唐兰先生金文论集·序》，故宫博物院编，唐兰著：《唐兰先生金文论集》，北京：紫禁城出版社，1995 年，"序"第 1 页。

② 顾颉刚：《当代中国史学》，上海：上海古籍出版社，2002 年，第 104 页。

复辟而主盟举行的；第三类是因赵尼受人指使复辟未遂而举行的又一次盟誓，由少数人自己作誓。由赵嘉主盟的时间是周威烈王二年的正月乙丑日，当赵桓子元年，晋幽公十年，即公元前424年。第二次的自誓，是在同年较晚的时候。盟誓都是向皇君晋公（晋武公）的神明作的。

20世纪70年代长沙马王堆汉墓的出土是我国考古史上的一次重大发现。唐兰在多次座谈会上对墓葬年代、墓主、随葬品等做出了重要的分析，特别是对三号墓出土帛书的内容、性质做了很精辟的解读。他自1974年开始进入马王堆整理小组工作，有机会接触原始资料，据参加小组工作的张政烺说："其《老子》甲本释文出先生手，《老子》乙本卷前古佚书先生贡献亦不少，一九七六年春讨论《春秋事语》《战国纵横家书》，费时一个半月，先生曾多次出席发言。"①

唐兰还陆续发表了《〈黄帝四经〉初探》《马王堆出土〈老子〉乙本卷前古逸书的研究》《关于帛书〈战国策〉中苏秦书信若干年代问题的商榷》《司马迁所没有见过的珍贵史料——长沙马王堆帛书〈战国纵横家书〉》《马王堆帛书〈却谷食气篇〉考》《试论马王堆三号墓出土导引图》《长沙马王堆汉轪侯妻辛追墓出土随葬遣册考释》等。唐兰考证后认为，三号墓帛书《经法》《十大经》《称》《道原》等四篇，是一本抄写于汉文帝初期的《黄帝四经》。它流行于战国后期，于汉初重新被推崇，于南北朝后期失传。帛书《战国纵横家书》可能是汉高祖或惠帝时的写本，也可能就是零陵守信所编辑的，它将埋没了两千多年的苏秦书信和谈话的珍

---

① 张政烺：《唐兰先生金文论集·序》，故宫博物院编，唐兰著：《唐兰先生金文论集》，"序"第1页。

贵资料保留了下来。唐兰在 1941 年就写过《苏秦考》，此次结合出土帛书，进一步地详细考证分析了苏秦其人和这段历史。唐兰早年学过中医，对帛书《导引图》中导引行气、按摩牵引、却谷食气等古代医学专有名词术语考证起来，得心应手。唐兰还参照《既夕礼》明器的陈列次序，对一号墓出土遣册内容重新做了合理的编排。唐兰对马王堆汉墓的全面解读做出了重要贡献。

新中国成立以后，唐兰阅读了大量史学理论著作，接受了马克思主义史学观；他青年时代刻苦钻研传统古籍经典，后又多年在各大学讲授这些经典课程，因六经皆史，他对传统史料烂熟于胸；他精通中国古文字，善于利用地下出土的第一手史料立论。因而在研究古史问题时，他的立论和对论据的使用，往往是深刻而有说服力的。

1953 年，他发表了《从金属工具的发明过渡到手工业脱离农业而分立的问题》。文中批评了教条地套用恩格斯根据欧洲历史进程归纳出的"铁器工具是手工业和农业分离标志"的观点，他认为中国手工业和农业分工远在铁器出现以前，在商代就已经发生了，这种公式不符合中国历史的实际情况。

1959 年，他又写了《中国古代社会使用青铜农器问题的初步研究》，考察中国历史上金属工具的使用与生产力发展的关系。通过查验古文献记载、考古发掘和古文字资料，他对 9 种 40 余件传世及出土的青铜农具的名物制度进行了详细的考证和说明，证实我国早在商周时期曾经广泛使用过青铜农具。

这两篇论文清除了中国先秦史生产力研究领域的一个重要理论障碍，是唐兰在历史研究中自觉地运用马克思主义基本理论做指导，根据第一手史料，实事求是研究中国历史的重要成果。

　　年代是上古史的脊梁。唐兰写过《西周纪年考》《中国古代历史上的年代问题》两文，经过比较各种资料，他认为《竹书纪年》与《殷历》是比较可靠的，二者很可能是同一系统的。《殷历》所缺夏代纪年，可以《竹书纪年》补足；《竹书纪年》的西周年代有错字，可以《殷历》补改。二者互补得出的夏商周年代，应该是较为可信的。至于孰为真正之历年，则有赖于西周所用原历，与地下、纸上新史料的发现。他还说："苟赴以躁心，而期以必得，虽可假构一系统，真相终于难明矣。"

　　唐兰的意见并不过时，对我们今天开展的夏商周历史年代学研究仍有重要的参考价值。

　　关于上古史分期问题，唐兰不同意"商代是原始氏族社会的后期，即父权制的发展期——军事民主主义时期"的观点。他写了《关于商代社会性质的讨论》一文，认为商王朝是一个很强大的国家，有很多被残酷压迫的奴隶，有商人阶级，有刑法，有流传已久的文字和典册，青铜器和其他手工业都十分发达。这些相互联系着的事实表明，当时肯定已经是奴隶社会。

　　唐兰还不同意郭沫若把奴隶社会与封建社会的分界划在春秋战国之际的观点。唐兰写了《春秋战国是封建割据时代》一文，认为西周时期到春秋时期的最大变化是农业奴隶的解放。庶人拥有工、商的新身份，与士、农一起被列为"四民"，这是奴隶社会崩溃，进入封建社会的标志。这些现象出现于平王—桓王之际，即公元前720年左右。夏、商、西周三代是奴隶社会，秦灭六国建立起专制的、统一的封建社会国家，而整个春秋战国时代是过渡时期，是封建割据时代，不宜分割开来。

第十章
CHAPTER 10

"食芹常欲献区区"

一、敢于破冰，勇于创新

在特殊时期，周恩来总理为了保护故宫博物院的珍贵古建筑和稀世珍宝，采取了特殊措施。国务院下达通知，规定紫禁城宫墙朱漆大门暂时关闭。这一特殊时期的特殊措施，使故宫及其珍宝得以保全，但考古、文博等专业的学术研究也被迫暂停。

1969 年 9 月至 1974 年 12 月，文化部在湖北咸宁湖泽地区创办咸宁向阳湖"五七干校"，文化部系统的 6000 多名文化人士及其家属，分三批先后下放到干校劳动锻炼。

这 6000 余名文化界高级领导干部、著名作家、学者、艺术家、文博专家等及其家属下放咸宁向阳湖"劳动锻炼"。他们中有冰心、沈从文、冯雪峰、周巍峙、臧克家等文学巨匠，有艺术大师和知名学者，包括年逾古稀的唐兰、俞平伯等国学大师、文博专家。当时，凡中国文联、中国作协、文化部所属的故宫博物院、历史博物馆等单位的文化名人名家几乎无一遗漏，全都集中在这片荒凉的湿地。

在特定的条件下，这是中国历史上规模最大的一次文化名人集体下放劳动。文化大军变成了劳动大军，一下子浩浩荡荡地会集于咸宁一隅，人数之多，文化界别之全，知名度之高，可谓世界之最，在古今中外的文化史上绝无仅有。

这些文化人在向阳湖劳动生息，造桥铺路，耕田插秧，开镰收割，饲鸡养鸭，捕鱼捉虾，烧砖盖房……竟在荒凉湿地建造起一座新的市镇。一幢幢红砖泥墙的单层或二层住宅、商铺星罗棋布，田野里种植了粮食蔬菜，荒地上圈养了鸡鸭家畜……

在辛勤劳作之余，他们不忘文化人的初心，在湖畔吟诗作画，著书立说，苦中作乐，创作出许多优秀的文艺作品。在中国当代文化史上，他们书写了令人刻骨铭心的一页。

向阳湖"五七干校"被称为中国 20 世纪的文化奇迹，至今已成有名景区，前往参观者无不肃然起敬，叹为观止。①

唐兰在运动初期被打成"资产阶级当权派""资产阶级反动学术权威"，遭受"造反派"抄家、批斗等迫害。1969 年，故宫博物院革委会将靠边站的、年届古稀但尚未退休的唐兰下放至湖北咸宁文化部"五七干校"劳动锻炼。

1972 年初，我国文物考古工作者在长沙马王堆发掘了一座西汉墓葬，即"马王堆一号汉墓"。这座汉墓的随葬品极为丰富，从

---

① 2009 年 7 月，湖北省向阳湖文化研究会、咸宁市中国"五七干校"研究中心成立，标志着向阳湖文化研究再上新台阶，立足湖北、面向全国，把向阳湖文化品牌打得更响。文化品牌打响之后，推动了咸宁经济文化的发展，尤其是旅游经济突飞猛进。不少外地人抱着猎奇、探索的心情，兴致勃勃地前去向阳湖参观"五七干校"旧貌，观看文化名人亲手修造的旧居、垦殖的农田和牧场。一些曾下放至向阳湖的名人怀着怀旧、访古的心情，或许还带着衣锦荣归的心理，在前呼后拥之中去向阳湖寻访旧时踪迹……在一连串的名人效应带动下，中国咸宁向阳湖文化集团应运而生，向阳湖文化产业生机勃发。

丝织品、漆器、竹木器、陶器到粮食、明器等，达一千余件；墓主的尸体历两千余年仍然保持完好。这座汉墓的发掘，为研究我国汉代的纺织、髹漆、服饰等文化艺术提供了十分可贵的实物资料，因此，引起了考古学界、历史学界、医学界、文化艺术界和其他社会各界的兴趣和重视，自然也引起了中央高层的关注。

"马王堆一号汉墓"的发掘，需要大量的专业人才，尤其急需考古学界、历史学界的高级专家学者。仰慕唐兰学识和人品的湖南省博物馆迫切需要唐兰参与推进这座汉墓及其随葬品的发掘和研究工作。他们以有考古难题需要唐兰破解为由，向文化部提出要求，借调唐兰。

其时，唐兰因年老体弱，抱病告假，回京治疗。北京大学中文系教授高明前去探望。高教授担心北大古文字这门学科后继乏人，若不采取措施，引进师资，恐有失传的危险，而故宫博物院"革委会"头头将古文字学家唐兰下放干校好几年，不闻不问，"既然你们不用，我要为北大争取"，高明遂向校方建议调唐兰回北大。校方表示只要唐兰愿意，北大欢迎唐兰回归。唐兰闻讯十分高兴。他表示，只要能恢复学术研究，去留都行，况且他来自北大，很高兴重返北大任教。

文化部鉴于当时形势，批准了湖南省博物馆的要求，向故宫博物院要人。故宫博物院"革委会"头头眼看再也不能压制唐兰，便宣布"解放"唐兰，让他恢复工作。唐兰立即赶往长沙，参加马王堆汉墓的发掘工作。

唐兰复出后，为把前几年耽误的时间补回来，在发掘考古现场争分夺秒，撰写了《永盂铭文考释》，并利用回京探亲的机会，将稿子寄给刚刚复刊的《文物》月刊编辑部。

当时无人敢签发此文，于是编辑部逐级上报至主管此事的上级领导。郭沫若知道此事后，认识到这是一个恢复科学研究工作的好机会，这篇纯学术论文的作者是最恰当的破冰者。他通知《文物》总编立即发稿，此文得以在《文物》第1期上问世。

《文物》复刊后的第1期发表这篇纯学术论文，其意义远远超出了论文本身。它仿佛推开了一扇关闭多年的窗，使在浓重政治气势笼罩下沉寂多年的文物考古界的学者、专家们，尤其是使在向阳湖畔下放劳动的文化名人、学者、专家呼吸到了新鲜的空气，感觉到新的转机即将来临。

紧接着，8月，《文物》第8期发表了唐兰《座谈长沙马王堆一号汉墓中的发言》；10月，《考古》第5期上发表了他的《史颂簋铭考释》；11月，《文物》第10期发表了他的《永盂铭文考释的一些补充》。一年之中，4篇重量级的学术论文见刊，这对当时学术界重新开展学术研究有着很大的启发和推动作用。

自那时始，中外文化交流日盛，国外汉学家越来越频繁地来中国访问，指名要与唐兰等知名学者进行学术交流。唐兰接待国外学者的报道接二连三地见于《人民日报》等主流媒体。1973年，受形势所迫的文化部做出决定，通知唐兰回故宫博物院工作。[①]

唐兰于1972年后参加长沙马王堆整理小组工作。他把主要精力集中在湖南长沙马王堆汉墓出土文物的考古工作上。这是当时考古学家、历史学家的一项重要政治任务。

---

① 据高明先生回忆，唐兰回故宫恢复工作是因为他向北大校方提议要调唐兰回北大，获北大同意。唐兰也表示："过去我从北大调到故宫，现在故宫不用我，再回北大那有何妨。"故宫方面感受到了压力，于是决定不放，遂命唐兰不要再回农场了。参见高明：《唐立庵先生与中国古文字学》，张世林编：《学林往事》，北京：朝华出版社，2000年。

1973 年，一件轰动世界的大事发生了：湖南长沙马王堆二、三号汉墓出土了大量帛书、竹简等稀世珍宝。唐兰带领考古团队参加了研究、整理工作。除了参与集体编写的《战国纵横家书》《经法》《春秋事语》《导引图》等的拼合、考释工作外，他还撰写了《一号汉墓竹简考释》《司马迁没见过的珍贵史料》《马王堆出土〈老子〉乙本卷前古佚书的研究》《马王堆帛书〈却谷食气篇〉考》《〈黄帝四经〉初探》等一系列重要论文，解决了很多古文字方面的问题，论证了很多古籍未曾记载的资料。《黄帝四经》的出土和《〈黄帝四经〉初探》等一大批学术论著的发表，引起了当时学术界的震动。

二、研究《黄帝四经》，颇有建树

我国文物考古工作者于 1973 年 11 月至 1974 年初发掘了长沙马王堆第二、三号汉墓，出土了大批珍贵文物。特别是三号墓出土的帛书共 12 万多字，大部分是失传了一两千年的古籍，其中有《老子》甲本卷后无篇名的四篇，《老子》乙本卷前的《经法》《十大经》《称》《道原》四篇。这些古籍的出土，为研究我国古代历史和哲学思想，研究古代医学、天文学等提供了新的资料。

唐兰复出之后立即投入马王堆汉墓的发掘和研究工作之中。他对《黄帝四经》的发现和研究倾注了极大的精力，做出了巨大的贡献。

他在 1974 年《文物》第 9、10 期上分别发表了《座谈长沙马王堆汉墓帛书发言》《〈黄帝四经〉初探》等论文，全面论证了这四篇帛书正是已经失传的《黄帝四经》。他在《〈黄帝四经〉初探》

中写道："前四篇共一百七十四行，计:《经法》七十七行，《十大经》六十五行，《称》二十五行，《道原》七行。每行字数由六十余字至七十余字不等。保存得比较完整，有缺字，没有缺行。我个人认为：这四篇就是《汉书·艺文志》中著录的《黄帝四经》，是黄老合卷的一部分。"他在论证之后总结道："总结上面四点：一、这四篇是一本书，是关于黄帝的书；二、抄写的时候正是汉文帝初期，文帝宗黄老，所以抄写者把黄老合卷；三、《汉书·艺文志》著录《黄帝四经》四篇与此正相合，除此之外，上引有关黄帝的著作都没有适合的，《隋书·经籍志》把《黄帝》四篇与《老子》两篇合在一起说，更是有力的证据；四、这四篇正合"经"的体裁，第一、二两篇本就叫经。"因此，他确定这是《黄帝四经》。

唐兰率先发现这部珍贵古佚书之后，又对其进行了深入的研究。1975年，他在《考古学报》第1期上发表了长篇考古学术论文《马王堆出土〈老子〉乙本卷前古佚书的研究》，从古佚书四篇的书名问题、写作时代、作者、古佚书四篇是法家重要著作等四个方面，详细论述《黄帝四经》的重要发现对于研究2400年前我国封建社会初期的哲学思想体系来说是极其宝贵的资料。唐兰在此文的结尾写道："这个新发现，将使我国古代文化史上许多方面的问题需要重新考虑。"

唐兰的这篇论文还有附录，极其重要。附录一是"《老子》乙本卷前古佚书引文表"，附录二是"《老子》乙本卷前古佚书释文"，尤其是附录二的释文更是难得一见的珍贵资料。唐兰将出土帛书中四篇题为《经法》《十大经》《称》《道原》共11000多字的古书的百余张照片，一一拼联，一一仔细辨识。有时他还通宵达旦地工作，把这些帛书拼联成文，为了阅读方便还加了标点，然后加以注释，并且将帛书中古体字的释文用通行字体排印。凡此种种无不彰显出这位年逾古稀的老人为追求、发现、探索中国古代文明的真、善、美所做出的无私奉献，为后世学人留下了丰富的、宝贵的文化学术遗产。

三、一论再论大汶口文化，增强文化自信

唐兰依据帛书，在 1976 年和 1977 年连续发表了《司马迁所没有见过的珍贵史料——长沙马王堆帛书〈战国纵横家书〉》《从大汶口文化的陶器文字看我国最早文化的年代》《再论中国文明史六千年——从大汶口文化红陶兽尊说起》以及《中国有六千多年的文明史——论大汶口文化是少昊文化》等论文，继续就《黄帝四经》及大汶口出土文物进行考证，深入地探讨中国上古历史。他写道："我国的文明史只有四千多年，过去一般这样说。其实不然，从新中国成立后发现的考古资料和古代文献的重新整理，应该说我国的文明史有六千年左右。""大汶口文化是少昊文化"，"少昊的英雄是蚩尤"，"我国历史的最早一页是黄帝和炎帝的阪泉之战与黄帝和蚩尤的涿鹿之战。由于炎帝与黄帝讲和了，所以蚩尤被杀。但少昊民族中蚩尤依然是英雄"。"所以我们说中国历史还是应该从黄帝开始，中国有六千年左右的文明史。"他指出，司马迁把黄帝、帝颛顼、帝喾等都只当作历史人物，其实他们都是一个个时代。

应中国社会科学院顾问、世界历史研究所名誉所长陈翰笙的邀约，唐兰准备撰写一部《中国古代的奴隶制国家》，并曾五易其稿。这部约 10 万字的书最终未能完成及发表，但全书的构思

和基本史料运用在他发表的几篇论文中有所体现，如《关于"夏鼎"》《从大汶口文化的陶器文字看我国最早文化的年代》《再论大汶口文化的社会性质和大汶口陶器文字》《论大汶口文化中的陶温器——写在〈从陶鬶谈起〉一文后》《中国有六千多年的文明史——论大汶口文化是少昊文化》等。他认为大汶口陶器上的文字不是符号，而是我国最早的意符文字，是商周时代文字的直系远祖。这种文字首先出现于黄河、淮河之间。在相距数百里的地方出现笔画结构相同的文字，说明这一地区有通行的民族语言。这只在存在统一国家的情况下才有可能，它是奴隶制国家业已建立的重要证据。从大汶口墓葬随葬物品的放置情况可以看出，当时社会处于以父权制为主的家长制家庭阶段，农业与手工业的分工已经出现，贫富分化的现象十分突出，礼制也已经取得相当的发展。与传统文献结合起来考察，中国的奴隶制时代是十分漫长的，有三四千年，可分为三期：太昊、炎帝、黄帝。少昊时期为初期，帝颛顼到帝舜时代为中期，夏、商、周三代为后期。大汶口文化是少昊文化，是初期奴隶制社会的文化。因此，中国应有六千多年的文明史。

唐兰于1978年2月著文《再论大汶口文化的社会性质和大汶口陶器文字》，进一步指出大汶口陶文既不是符号，更不是图画和纹饰，而是很进步的文字，在当时已经通行。正是少昊国家的蚩尤发明了冶金做铜兵器；正因为这时已有青铜器，少昊才号称金天氏。他论述道："大汶口文化与其陶器文字的发现，其意义远在八十年前安阳甲骨文文字的发现之上。大汶口文化在龙山文化之前，和仰韶文化、青莲冈文化、河姆渡文化等时代相近……和古代文献相对照，这里本来住着少昊民族，曲阜曾经是少昊国家的故都，因此，大汶口文化是少昊文化……近代论中国古代史，大都从夏王朝开始，只有四千多年，但我国过去的成文历史，都从黄帝开始。考古工作应与历史文献相结合。"① 他一再强调指出："大汶口文化与其陶器文字的发现，使我国古代史上一个关键时代即少昊时代，得到证实，从而恢复了我国历史的本来面目，我国成文历史不是四千多年而是六千多年。"②

这个论断，简直就是向当时非常传统、保守、陈旧的中国史学界、考古界掷了一个原子弹，造成了巨大的冲击。但同时，唐兰的观点也令许多人欣喜并深思，他们认定唐兰是正确的、超前的、代表历史研究趋势的。

唐兰确定了中国上古史的几个关键点，如果继续伸延扩展开去，一定会重现中华民族昔日的辉煌。

唐兰的远见卓识使得学术领域不少有识之士改变了研究轨迹甚至人生轨迹，可见其影响之深远。

四、深耕中国上古史

中国人对自己的人文始祖——黄帝、炎帝、蚩尤（史称"三祖"）——的认识，在西汉司马迁著《史记》时比前人有了进步。司马迁把黄帝当作华夏民族第一帝，把《五帝本纪》作为《史记》第一篇，将五帝时期视为中国"有史"时代的开始，这便是进步的表现。

---

① 唐兰：《再论大汶口文化的社会性质和大汶口陶器文字——兼答彭邦炯同志》，《唐兰全集 4：论文集下编（1972—1979）》，上海古籍出版社，2015 年，第 1853 页。

② 同上。

　　司马迁作为汉朝史官，在汉朝收集的大量典籍基础上，整理、编修了夏商历史，《夏本纪》与《殷本纪》是关于夏商历史最系统、最翔实的两篇文章。

　　近代以来，随着西方的崛起，西方中心主义开始盛行。西方学者越发具有文化上的优越感，质疑中国上古史中夏商是否存在的声音渐渐出现。他们普遍认为夏商不存在，怀疑《夏本纪》与《殷本纪》的真实性。他们认为司马迁这两篇文章不可信，中国历史是从周朝开始的。

　　19世纪末至20世纪初，中国陷入历史低谷。此时，受到西方这股思潮的影响，中国疑古派兴起，对中华文明极度不自信。疑古派对于东周之前的史料持一味怀疑的态度，开始质疑夏朝的存在，理由与西方学者一样，即没有直接证明夏朝存在的考古发现。

　　就在这时，殷墟甲骨文横空出世，仿佛一道闪电划破漆黑的夜空，告诉中国人商朝的确存在，中华文明历史真的非常悠久。甲骨文前辈学者"四堂""四老"整理、研究甲骨文中卜辞时所发现的"周祭谱"（周期性祭祀商朝先公、先王），与《殷本纪》所载几乎一模一样，这无疑就证实了《殷本纪》的准确性、可靠性。在铁一般的事实面前，西方学者不得不承认商朝的确存在。

　　唐兰认为，司马迁距商代已有千年之遥，以后也基本没有实证《史记》所载的商代世系，但是在两千多年后发现的殷墟甲骨文献，却有力地证明了司马迁的记录高度准确，证实了司马迁的《史记》诚实可靠。

　　其实，除了《五帝本纪》《夏本纪》之外，《史记》中的其他篇章如今基本也都得到证实。也就是说，对于先秦一些重大历史事件的记录，如今没有证据表明包括《史记》在内的中国文献有作假现象。

新中国成立以后，在唐兰等前辈考古学家和历史学家的积极努力下，我国的考古事业得到重视和发展，进入新时代之后更是增强了中华民族的文化自信。许许多多夏、商、周三代以及三代以前的文物得以发掘出土和研究，使"疑古"学风得以遏止和扭转。

唐兰等一大批杰出的考古学者研究从古代流传下来的和不断发现的甲骨文、金文，以及天文记录、历书等或明或暗的蛛丝马迹，对东周以前的历史，尤其是对武王伐纣的具体年代，做了无数次的论证和推断。

唐兰在《从大汶口文化的陶器文字看我国最早文化的年代》（以下简称"一论"）及《中国有六千年的文明史——论大汶口文化是少昊文化》（以下简称"二论"）中认为，"中国历史还是应该从黄帝开始，中国有六千年左右的文明史"。他说："司马迁把黄帝……都当作只是一个历史人物了，其实他们都是一个时代，有很多世系，从黄帝到夏禹的时间很长，要有一两千年，这和大汶口新发现的五千五百年左右的陶器文字是完全对得上口径的。"

唐兰确认黄帝至夏、商、周"万世一系"皆源于黄帝一人，以黄帝为人文初祖。确认黄帝、炎帝、蚩尤都是中华民族的始祖，蚩尤还是少昊民族的英雄。

唐兰在"一论"中写道："从文献上来考查，大汶口文化是少昊文化，古代有太昊和少昊（昊也作皞），都是国名……少昊的英雄是蚩尤。我国历史的最早一页是黄帝和炎帝的阪泉之战与黄帝和蚩尤的涿鹿之战。由于炎帝和黄帝讲和了，所以蚩尤被杀。

但在少昊民族中，蚩尤依然是英雄。"

　　唐兰所指的阪泉之战和涿鹿之战，便是司马迁在《五帝本纪》中所记载的两次战争。通过阪泉、涿鹿的两次战争，黄帝创立了包括炎帝部落在内的强大的部落联合体，华夏、东夷两大部落集团解仇结盟。以后各个部族又经过多次接触、交往，包括多次战斗和战斗之后的和解和加强联系，逐渐形成了更大范围的民族团结，同时也形成了中华古代文明。在发展形成我国古代文明的过程中，黄帝、炎帝、蚩尤及其各自部族的民众，都是做出了重大贡献的。正因为如此，黄帝、炎帝、蚩尤都是华夏民族的始祖。

　　那么，这三位人文始祖在战前各居何处呢？经唐兰考证，大汶口文化是少昊文化，其所在地也就是蚩尤所生活和活动的区域。大汶口文化大致开始于五六千年以前，在山东境内的泰安、曲阜、日照、临沂和江苏境内的郯县、新沂等地均有大汶口遗址的发掘，总面积至少有六七万平方公里，其中心在鲁，即今曲阜一带。

　　比大汶口文化更早的仰韶文化距今八千年，一直持续到距今五千年，共历时约三千年。仰韶文化分布甚广，以黄河中游为中心，西至甘肃，北至内蒙古河套，东至河北东部，南至湖北西北部，可以说是中国古老文化的摇篮之一。仰韶文化的前期是红陶文化，神农氏是红陶文化的创始者，炎帝和黄帝都应该是神农氏的后代，是同一种族两个不同部落的领袖。当仰韶文化进入后期之后，便有彩陶文化出现，黄帝是彩陶文化的创始者。中国的彩陶乃是西部文化产品，黄帝的先祖可能在旧石器时代就已经居住在塔里木盆地，因此黄帝是中国西部地区人。

　　炎帝的祖先生活在中国中原北部，从事农业生产。黄帝的祖先生活在距离中原较远的西北地区，以游牧为主，之后逐渐向中原迁徙，并在冀北一带定居，以涿鹿为中心，也开始从事农业生产，逐渐强盛起来。

于是两种不同生活方式的华夏人开始接触和同化。至仰韶文化后期、大汶口文化初期，也就是黄帝、炎帝、蚩尤三大部族集团形成之时，中华大地已经进入了父系社会，氏族遍布，部落林立。他们进行农业生产并组成原始国家；他们为生存和发展，彼此不断发生冲突，并终于达到了战争的程度。黄帝、炎帝、蚩尤所统率的三大部族集团，便在此时先后展开了两次大战。

对于阪泉、涿鹿这两次大战，历代史书均无异议，只是阪泉和涿鹿系指何处，历来争议颇大。有的认为，古涿鹿应是今江苏省徐州市铜山区；也有的说，历史上并无涿鹿这个地名，"所谓涿鹿、阪泉者不应该远在冀北的荒僻山谷中，而应该在巩县一带的黄河岸边"；还有的认为，"黄帝故里、故都"以及"炎帝诞生地"等"都在河南新郑"。

作家曲辰多年反复考察、论证，撰写出版了《黄帝史迹之谜》和《黄帝战蚩尤、战炎帝建都涿鹿遗址考》等论著，认定黄帝不仅在涿鹿进行了重大的政治、军事活动，且建都于此和崩葬于此。就连考古学者先后两次去"涿鹿之野"实地陕西黄陵县考察，也认定黄帝、炎帝、蚩尤确在此地有过活动和争斗。

近年来，一些地方抓住某些古籍错载，附会黄帝史事、地名，大做文章。假借"学术考证"之名，错误地解释史实、附会历史遗址与地名的情况多有发生，使得黄帝、炎帝、蚩尤三位始祖"四海为家"，到处飘零，不知何处才是安身之地。

唐兰说："黄帝与炎帝、蚩尤之争总不是邻近村落之间的械斗吧！蚩尤在今山东曲阜一带，却跑到现在北京市以西的涿鹿之野去决战，难道不是当时一个统治集团与另一个统治集团之间的战争吗？"①唐兰所指的"现在北京以西的涿鹿之野"，就是现在河北省的涿鹿县。我国这位著名的考古学者、历史学者、古文字学者曾经考察过"涿鹿之野"，对黄帝、炎帝、蚩尤三位始祖的古战场和黄帝战蚩尤的八卦阵（唐兰对周易八卦颇有研究，是一位卜辞学家，他甚至为子侄辈取的名字也在卜辞中选取）有过一番深情的巡礼。

五、"茗饮南乡当有诗"

唐兰少年时兴趣爱好十分广泛，他热衷于"雀墓寻陶"，还雅好昆曲，又喜爱学习诗词和书法。他早年在入无锡国学专修馆之前，因酷爱诗词，与朱瘦竹从师于上海陈蝶仙②，在栩园编译社学习诗文。

约在1915—1918年之间，陈蝶仙在上海主持栩园编译社，讲授古诗词。唐兰慕名前往学习，以函授为主，辅以面授。经陈蝶仙亲自指导，唐兰的诗词写作大有长进，并且深受老师的影响。唐兰早期在天津发表的诗词作品大都是风花雪月、朋友应酬

---

① 唐兰：《从大汶口文化的陶器文字看我国最早文化的年代》，《唐兰全集4：论文集下编（1972—1979）》，第1845页。

② 陈蝶仙（1879—1940），浙江杭州人，又名陈栩，字栩园，清末叶生，早年从事艳情小说、诗词写作，后任《申报》副刊《自由谈》主编，被鲁迅先生称为"鸳鸯蝴蝶派"的代表人物。著有诗词曲汇集《栩园丛稿》，长篇言情小说《泪珠缘》《玉田恨史》《井底鸳鸯》等。使陈蝶仙闻名于世的并不是他的言情小说、香艳诗词，而是蝶仙牌牙粉。在旧上海滩的十里洋场，蝶仙牌牙粉的广告随处可见。

唱和之作，颇有鸳鸯蝴蝶派之遗风。

唐兰的诗词作品经故宫博物院搜集整理，已经汇总在《唐兰全集》第十二卷中，分为新中国成立前后两大部分。新中国成立前的诗作大多是写于天津时期，新中国成立后的诗作，尤其是晚年的诗作，其风格和思想内容与早期作品大不相同。

对于唐兰在新中国成立前的诗，著名学者、唐兰在西南联大时的学生汪曾祺回忆说，唐先生在西南联大写了好些"花间体"的词，中文系主任罗常培看后说："写得很艳！"

唐兰早年在天津办报时，就以诗人之名享誉津门。他在天津经常有机会结识上流社会的文人骚客，又因曾在上海栩园编译社系统学过诗词格律，在严谨的学术研究之余，他也颇能填词赋诗。其诗风浪漫艳丽，因而唐兰年纪虽轻，却名列须社，与名流唱和酬应，其作品还多次被辑入民国时期重要诗词选集。

1936 年，他写的《读古诗〈明月皎夜光〉》从研究古诗十九首入手，提出"五言诗产生于西汉武帝与成帝之间"的观点。1942年，西南联大中文系浦江清教授赴上海休假，请唐兰代课，唐兰遂开"宋词选读"课。

唐兰的遗稿中有毛笔书写的《宋词》一部，抄录宋词一百一十一首，每词均标注韵读，并做简单解释。其中选柳永词七十四首，反映了他对柳词的偏爱；又有苏轼词十五首、晏几道九首、王诜四首、王观三首，其余欧阳修、苏舜钦、王安石、王安礼、韩缜、舒亶各一首。据说唐兰的授课方法主要是在课堂上抑扬顿挫地朗读原作，与同学们一起欣赏，这份遗稿可能即作为当时课堂上朗读所用的模板。

在胡文辉的《现代学林点将录》里，对唐兰在新中国成立后的诗又有了新的评价："毛泽东去世后，唐氏以《主席活在我心中》为题作悼词，初拟作一百首，而写至二百余首犹未了。"

故宫博物院在唐兰追悼会上的悼词中说："唐兰同志还精通书法篆刻，又是诗人，一九七六年清明节到天安门广场悼念周总理，事后赋诗近百首。毛主席逝世，他深切怀念，赋诗百余首，表达了唐兰同志对毛主席、周总理的无限深厚感情。"

在"表达了唐兰同志对毛主席、周总理的无限深厚感情"的诗词作品中，最有代表性的是长诗《主席活在我心中——毛泽东思想赞歌二百八十六首》。这组七言诗，四句一首，连续二百八十六首之多，都是对毛泽东思想的赞美和歌颂。在百年建党史上，唐兰的这首长诗，既前无古人，又后无来者，至今尚无类似的咏史诗能与之相匹配。

这组诗以"八亿人民大救星，巨星骤陨若天倾。天崩地坼曾无畏，举国号咷痛失声"起首，表达了诗人对毛主席逝世感到巨大的悲痛。接着便是"中国出了毛泽东，太阳升起满天红，誓为解放全人类，万世昭垂不朽功"，从毛主席诞生写起，讴歌毛主席和毛泽东思想。诗人题记云：

> 一九七六年九月毛主席逝世后，通读四卷，遂写毛泽东思想赞歌，已成二百八十六首，迄于一九六二年。荏苒两月余，因材料都未公布，遂暂中辍。五卷将出，来日当再重写耳。①

唐兰在此题记后附诗一首：

---

① 唐兰：《主席活在我心中：毛泽东思想赞歌二百八十六首》，《唐兰全集12：书信·诗词·附录》，第142页。

四卷雄文耀万春，比肩马列渡迷津。火传薪尽灯犹在，革命今看后继人。

无比恩情沧海深，六洲兆庶尽酸心。小生濡笔铭勋绩，未尽涓埃泪满襟。

时时刻刻忆音容，重读遗书千万通。还似谆谆聆教诲，主席活在我心中。①

唐兰以二百八十余首七言诗书写了对毛主席和毛泽东思想的赞歌，如今读来，更能感觉到这位古稀老人的赤诚之心，真正难能可贵，令人钦佩不已。

唐兰的长诗《主席活在我心中》既抒情又叙事，是七言排律叙事史诗。读这首长诗，既是读诗也是学史。

就诗的体裁而言，这是一首"梅村体"和"长庆体"的长诗，这种体裁的诗歌自白居易起至唐兰止，自古至今只有四首之多，实在是不可多得的诗中瑰宝。标志着描写朝代兴衰的"长庆体"排律起始的是白居易的《长恨歌》；清代吴梅村哀明亡的《圆圆曲》开其端，故而又称之为"梅村体"；王国维展示"觉罗氏一姓末路"的《颐和园词》殿其后。

"长庆体"排律自其起始，就是以女性为主角。白居易《长恨歌》的主角是杨贵妃，吴梅村《圆圆曲》的主角是陈圆圆，王国维《颐和园词》的主角是慈禧，三首诗都是写朝代衰亡的哀歌。长诗《颐和园词》全诗九十一韵，是王国维哀清亡的绝唱。这首王国维在清亡后写的《颐和园词》曾受到前清"遗老""寓公"的追捧，

---

① 唐兰：《主席活在我心中：毛泽东思想赞歌二百八十六首》，《唐兰全集12：书信·诗词·附录》，第142页。

莫不被纷纷索要传颂，成风靡一时的名作！

唐兰的《主席活在我心中》以其新颖的排律，创造性地发展了这一诗体，成为这一诗体中唯一一首以歌颂为主线的咏史诗。与前人三首"长庆体"叙事长诗有所区别的是，唐兰的这首长诗唱的是赞歌，是歌颂毛泽东思想的赞美诗，是叙述毛泽东主席丰功伟绩的叙事史诗。

1976年，唐兰常感身体不适，但他仍笔耕不辍，写作大量的学术论文和诗词作品发表于报刊，如《柯尊铭文解释》（《文物》第1期）、《陕西省岐山县董家村新出西周重要铜器铭辞的译文和解释》（《文物》第5期）、《用青铜器铭文研究西周史——综论宝鸡市近年发现的一批青铜器的重要历史价值》（《文物》第6期）等都是这一年的作品。

这一年突发周总理逝世、唐山大地震、毛主席逝世、粉碎"四人帮"等一连串大事件。唐兰曾抱病前去天安门广场悼念周总理，看到"花圈已撤"，"随后数日，心绪恶劣，则写短诗，自恨怯懦，不敢示人"。

唐兰于1978年4月访问香港，返回后，5月患脑中风，在家卧床休养。唐兰在生命的最后三年亲身经历了这一系列大事件，作为一位杰出的证古泽今的历史学家，他敏锐地感到一个新时代的来临。他以"杞国群忧天坠时，敢将诗议敢言之"[①]的心情，写下了由286首七言诗组成的"长庆体"叙事史诗《主席活在我心中》和其他一些咏史诗。在"死后是非谁管得，满村听说蔡中

---

① 唐兰：《咏史十六首》，《唐兰全集12：书信·诗词·附录》，第129页。

郎"① 的时刻，寻求"是非身后今须定，莫遣盲翁更作场"②。唐兰在逝世前写的这些史诗写出了他"小生濡笔铭勋绩，未尽涓埃泪满襟"的心情。

唐兰在 1976 年初夏写成《咏史十六首》，附《咏史三十二首》于其后，并在 1978 年 12 月将诗稿投给《诗刊》。《诗刊》于 1979 年 4 月发表了这些诗，在唐兰逝世之后。

唐兰在此诗后的附言中写道："'四人帮'打倒后，曾写八绝，香港《大公报》已发表。毛主席逝世后，曾写读《毛选》二百首，将来有机会，当整理发表。"这是给《诗刊》编辑的，写于 1978 年 12 月 20 日，距离他逝世仅 20 余天，应可视为唐兰生前之绝笔。

这组诗在沉寂数十年后，被《唐兰全集》收录，但至今仍鲜为人知，令人惋惜。

唐兰在病中写了一首题为《病榻默占》的诗，诗是这样写的：

> 生与老病死相随，忘我虚夸读五车。
> 槁木死灰读似易，心猿意马几能拘。
> 刑天志在将干戚，仓颉独传号作书。
> 华族终当迈现代，食芹常欲献区区。③

他在诗中表示，虽然自己位卑识浅，但为了国家的现代化建设，他要贡献自己区区绵薄之力。这与他的"未尽涓埃泪满襟"的心情是互为呼应的，充分体现了他虽已年迈，但还要尽力报国的赤诚之心。

---

① 陆游：《小舟游近村舍舟步归（其四）》。
② 唐兰：《咏史十六首》，《唐兰全集 12：书信·诗词·附录》，第 192 页。
③ 唐兰：《与朱瘦竹唱和诗两首·病榻默占》，《唐兰全集 12：书信·诗词·附录》，第 148 页。

六、"竭我余生，倾筐倒箧"

1976 年，粉碎"四人帮"以后，各个领域里的拨乱反正工作势如破竹向前推进。"玉宇澄清万里埃"，唐兰如沐春风，得以重新活跃在社会和科学研究的舞台上。

1978 年 3 月，唐兰当选第五届全国政协委员，出席全国政协会议。同年 4 月，他随中国文物代表团访问香港，在香港大学做了专题讲演，并与学术界同行进行了学术交流。回京后，他身患重病，仍不肯停止工作。

唐兰深感自己年事已高，热望把毕生研究所得做一总结。他曾在札记中写道："竭我余生，倾筐倒箧，为我国古代史与古代社会的研究做一些贡献。"又在致友人信中说："现在整理，不知能完全功否？但从另一角度说，现在才着手，也有好处，因我现在似乎水到渠成了。在过去整理，有些看法尚未成熟也。"

"文革"期间，他遗失了《中国文字学续编》等五六十篇论著约 200 万字的手稿。他表示稿虽失，人还在，还可以重写，定要把因"四人帮"干扰、破坏所造成的损失补回来。

按他的心愿，需要"竭我余生，倾筐倒箧"进行整理或重写的有三部书：《中国文字学续编》《西周青铜器铭文分代史征》和《殷虚文字综述》。后两部巨著已完成手稿。

唐兰在 1978 年写成《中国青铜器的起源与发展》，提出了全新的见解。

第一，我国的铜器时代与世界上其他地方不同，有其特殊的发展规律，即"在我国是先发明冶炼青铜，一直到很晚才冶炼红铜即纯铜的"，从根本上批驳了"中国文化外来说"。他在文中引用 1956 年西半坡遗址和之后在临潼姜寨遗址发现的铜片作为自己观点的论据。1980 年 5 月 27 日，新华社报道了关于临潼姜寨遗址考古发掘收获的最新研究结果。报道指出，这个铜片是黄铜（非今日的合金，而应属青铜系列），而不是红铜。这进一步证明了唐兰逝世后发表的《中国青铜器的起源与发展》中观点的正确，也进一步证明了唐兰推断我国早在六千年前已进入铜器时代观点的正确。

第二，铜器时代是和奴隶社会出现相关联的。由于铜器的出现，生产力发展了，从而推动社会向前发展。唐兰论述了我国奴隶社会起源、发展和衰亡的过程，指出我国奴隶社会的上限应比通常所说的大大提前。这一观点已引起了国内外学术界的广泛兴趣和重视。

第三，我国的铜器时代是从青铜农具、工具、兵器开始的。1976 年起，他开始编写《西周青铜器铭文分代史征》，写成武王、周公、成王、康王、昭王、穆王五卷，进一步完善了他在新的断代体系方面的研究。就已写好的部分来看，他明确地提出了几个观点：康宫是康王之宫，也就是周康王的宗庙；王姜是周昭王后，非武王、成王后；昭王继"成康盛世"之后，应有极为丰富灿烂的青铜文化，应有很多器物。

第四，铜器铭文可以完善和补充古籍中所没有的西周前期历史的记载，如周公东征、成王迁成周、燕国早期的历史，以及康王朝末的战争、昭王二次伐楚（荆）等。有些观点已为出土的资料所证实。

以上这些见解完全是独创性的，同时也为我国的考古学术研究开创了一条新路：把考古新发现和古文献记载以及我国古代社会的历史这几个方面有机地联系起来。这种方法对于发展我国的考古学术研究，无疑是具有积极意义的。

在中华书局于 1986 年出版的唐兰遗著《西周青铜器铭文分代史征》中，唐兰写道："珷是武的繁文，从王武声，用作武王之武的专名……由这件铜器的发现，知道珷字在武王时就已存在了……《诗·文王有声》说：'文王受命，有此武功，既伐于崇，作邑于丰。'""我本打算作整个西周铜器的研究，搜集铭文近千篇，从武成到宣幽，分十二王……补充西周史是今后研究铜器铭刻的新的重大任务。司马迁在两千多年前写的《史记·周本纪》所依据的史料，贫乏得太可怜了。我们如果把全部西周铜器都整理了，以大量的可靠的地下史料为根据，结合文献资料，写出一部新的比较详尽的西周史，难道不是值得一做的巨大工作吗？西周时代，奴隶制社会的最后一个王朝，到底是什么样子，是应该尽可能把它搞清楚的。"

唐兰在他生命的最后岁月里，念念不忘的是要"写出一部新的比较详尽的西周史"，他认为这是"值得一做的巨大工作"。遗憾的是他未能完成这巨大工作。

第十一章
CHAPTER 11

永留芬芳在人间

一、一代宗师与世长辞

1978 年 5 月，唐兰突患脑中风。1979 年 1 月 11 日，他的心脏停止了跳动，与世长辞，享年 79 岁。故宫博物院党委根据唐兰先生生前的愿望，追认他为中国共产党党员。

1979 年 1 月 18 日，故宫博物院在北京八宝山革命公墓举行追悼大会，由副院长肖政文主持，全国政协副主席王首道致悼词，党和国家领导人胡耀邦等送了花圈，首都各界 500 多人出席了追悼大会并向遗体告别。

1979 年 1 月 23 日，《人民日报》刊登《唐兰同志追悼会在京举行 故宫博物院党委追认唐兰为中共党员》。文章写道："著名的古文字学家、青铜器学家、先秦史学家……唐兰同志追悼会在京举行……唐兰是我国著名的文字学家、金石学家……他在二十年代就精研《说文》《尔雅》等典籍，三十年代著有《古文字学导论》《中国文字学》等书，早年从事甲骨文研究，有《殷虚文字记》《天壤阁甲骨文存并考释》等著作，见解精辟。数十年来，他还对出土的重要青铜器的铭文考证和断代做出了卓越的贡献。唐兰作为著名的历史学家，对我国古代史有独特的见解。他近年提出的大汶口文化已进入文明社会的重要论点，在国内外引起了普遍的重视……唐兰在治学中勇于创新，努力把考古学与历史学结合起来，提出了不少新观点、新方法，有助于学术讨论与活跃学术空气……他的逝世是我国学术界的一大损失。"报道给予唐兰以很高的评价。

二、故乡人民的纪念

嘉兴人民对曾"鸳湖放棹""雀墓寻陶"的唐兰十分景仰。为了纪念这位"食芹常欲献区区"的乡贤先哲，嘉兴长期进行一系列的纪念活动。

嘉兴市方志办组织新编《嘉兴市志》，编入了唐兰的传略和著作目录；唐兰故居被定为嘉兴市级文物保护单位；2005 年，嘉兴市档案馆举办嘉兴名人展，唐兰位列其中；嘉兴市政协结集出版《嘉兴文杰》，收录了沈曾植、王国维、李叔同、茅盾等 12 位嘉兴籍文化学术名人的传记，国内第一部唐兰传记《唐兰》收录在《嘉兴文杰》第一集，填补了唐兰传记的空白；2008 年，嘉兴市南湖畔新建了"文字画碑苑"景点，在一组仿古建筑的庭院中，供奉着唐兰的遗容及其《中国文字学》……

唐兰逝世后，苏州文化名人、唐兰在无锡国专的同学钱仲联老先生有一次来嘉兴，欣然登上南湖烟雨楼，看着"嘉兴名人陈列"，拄着拐杖一边移步，一边对陪同的嘉兴市文化部门领导说："唐兰，学问家。嘉兴一地，沈曾植之后就是唐兰……唐兰在北

方时寄给王蘧常一首律诗，我至今还能一字不误地背出来，'毕
竟王郎胜一筹，即今天下更难求。予怀渺渺思千里，雨气昏昏
通九州。长路片云俱忘暑，到老吾侪未许收。'写得真好，真情
款款。"

钱仲联对唐兰诗评价颇高，并且经常将其与王蘧常相比。他
的《梦苕盦诗话》中一〇一、一〇二条，全是对唐兰诗词的论述。
2003年，钱仲联在病中对友人说："嘉兴有没有纪念唐兰？在嘉
兴他是沈曾植之后顶有学问的人，纪念不纪念无所谓，他是国际
专家，研究甲骨文的……唐兰的诗好……"口头上的评价与《诗
话》中的评价完全一致，可见是钱氏内心一贯的看法。

三、故宫博物院对老院长的纪念和缅怀

唐兰去世之后，故宫博物院决定将唐兰先生著作的整理编辑
出版工作作为特殊项目列入故宫科研计划来执行，并确定刘雨先
生为项目主持人。

在刘雨先生的指导下，这个项目全面收进唐兰先生在多学科
领域内的全部著作，特别是收进大量未刊的遗稿，并采用张政烺
先生的提议，将这个项目定为《唐兰全集》。

故宫博物院领导批准聘请裘锡圭教授（国家中华字库工程首
席专家）、高明（北京大学教授）、曾宪通（中山大学教授）、吴
振武（吉林大学副校长）、郝本性（河南省原考古研究所所长）、
吴镇烽（陕西省原考古研究所副所长）、夏含夷（美国芝加哥大
学教授）、汪涛（英国伦敦大学亚非学院教授）等国内外著名专
家学者担任顾问；成立以刘雨先生为组长、丁孟先生为副组长的

整理编辑小组，聘请院内外有关专家学者参加工作，院内专家除两位正、副组长外，还有施安昌、庐岩、华宁、杨安等几位先生。

唐兰从 20 世纪 20 年代开始发表学术著作，至 1979 年初去世，一生创作了大约 600 万字的论著。在漫长的岁月中，特别是在特殊时期，先后散失近 200 万字的遗稿。整理编辑小组搜集了 400 多万字的论著，其中已刊著述 300 余万字，未刊遗稿 100 余万字。

《唐兰全集》整理、收录、编辑唐兰生前发表的论文共分 3 编 4 册，即《论文集上编一（1923—1934）》《论文集上编二（1935—1948）》《论文集中编（1949—1966）》《论文集下编（1972—1979）》，共 1914 页，总计约 200 万字。其中，他在新中国成立后至逝世前共发表论文约 120 篇，涉及古文字学、甲骨文学、金石学、考古学、上古史学、文博学及文字改革等学术领域，绝大多数是高质量的、教科书级别的长篇学术论文。唐兰堪称我国学术界辛勤耕耘、建树颇丰的一代学人之典范。

《遗稿集》共分 3 卷，即《唐兰全集》第 9—11 册，收进唐兰未完成、未发表的作品共 100 余万字，其中有《唐氏说文解字注》《说文解字笺正》《玉篇校本》《读说文记》《名始分类大纲》《名始下编部首》等唐兰早期论著。

唐兰治学志向高远，常做大的构想和写作计划，但时间和精力有限，学术兴趣又易作转移，因此留下许多未完成的作品。他的学生朱德熙先生曾说："先生天赋高，精力过于常人，兴趣又十分广泛，因此著述极富，不过其中有很多没有完篇，有的只开了个头就搁下了。先生自己也说：'余嗜欲既广，易为环境所牵转，往往削稿未半，已别肇端绪，又好为长篇巨制，而多无成功。'"①

整理编辑小组最大限度地理清作者思路，吃透遗作的原意，在不添加任何整理者意见的原则下，将这些遗稿编辑成有条理的、可阅读的文字形式。这些工作是本次《唐兰全集》整理编辑工作有别于别的一般学术整理工作的重要不同点。

整理这些遗稿，出版《唐兰全集》，全面展示唐兰一生学术贡献，这是十分难得的一次的历程，是学术界盼望已久的重要学术整理工程。

《唐兰全集》整理编辑小组贡献巨大，功德无量。从 2006 年起至 2016 年，在 8 年多的时间里，整理编辑小组始终坚持"存真、求全、时间服从质量"的宗旨，兢兢业业地工作。尤其是故宫青年学者杨安，他承担查遗补缺的工作。他从研究唐兰所用笔名入手，在民国时期报纸、杂志和书信集中，新查出近百篇原来没有掌握的唐兰早期的文章、诗词和书信，并独自完成了排版后数百万字的终校工作，为践行《唐兰全集》"求全"的整理宗旨，发挥了重要作用。

刘雨先生主持全书的各项整理编辑工作，完成全书的终审、终定工作。他带领院内 6 位学者怀着对老院长崇敬、缅怀的心情，尽心尽力工作，高质量完成了 12 卷《唐兰全集》的整理、编辑、出版工作。这是一件很有历史意义和现实意义的工作，为推动我国考古、历史、古文字学等学术事业的发展做出了巨大的贡献。

---

① 朱德熙：《纪念唐立厂先生》，《唐兰全集 12：书信·诗词·附录》，第 310 页。原载于《古文字研究》（第二辑），北京：中华书局，1981 年。

四、学界同仁对唐兰的纪念和缅怀

刘雨先生在《唐兰全集·前言》的结尾处写道:

> 唐兰于学问,平生服膺者四人而已,孙诒让、王国维师事之,郭沫若、陈寅恪友事之。讨论学术从不顾及情面,与等而下之者难有争议发生,而界内名流大家,却少有不受其批评者,虽常有"恃才傲物"之讥,然秉性豁达乐观,亦不见其因之结私怨于人。

> 唐兰大半生是在大学讲坛上度过的,奉调故宫后,二十世纪六十年代他还两次被北京大学历史系和中文系邀请去讲过古文字学课程。他桃李满天下,我国文字、语言、文学、历史、考古各个领域的著名学者如胡厚宣、陈梦家、李埏、汪曾祺、朱德熙、周一良、张政烺、邓广铭、杨向奎、殷焕先、王玉哲、李孝定、李荣、高明、裘锡圭、郝本性等,有的出其门下,有的与他有过密切学术交往,都曾受过他的教益。其学术成就影响了数代学者,他是一位在二十世纪中国和世界学术史上有重要地位的学者。[1]

刘雨先生对唐兰做出的"在二十世纪中国和世界学术史上有重要地位"高度评价,在学界同仁中获得一致赞同。

唐兰逝世之后,学界同仁在各种纪念活动和书刊上都对唐兰表示崇敬和缅怀。

---

[1] 刘雨:《唐兰全集·前言》,《唐兰全集1:论文集上编(1923—1934)》,"前言"第24页。

张政烺先生在《唐兰先生金文论集·序》中写道："回忆 1932年秋，先生初到北京大学讲授金文，作《名始》，后又讲授《古文字学导论》。余当时初入北大，为听讲者之一，同学今存者有杨向奎、邓广铭等数人而已。"他接着写道："先生开始考释金文在三十年代，初极认真，曾自谓以孙诒让为榜样，检查成绩，实过之而无不及。"他认为，唐兰考释金文的成绩已远超其"师事之"的孙诒让。①

王玉哲先生为《甲骨文自然分类法简编》所作的序中对老师评价甚高，称其在 20 世纪 40 年代就"蜚声海内外，为世人所公认"。他写道："一九四〇年秋，我考入北京大学文科研究所作研究生，立厂先生是我的导师，先生当时已是我国古文字学界一代宗师，著名的甲骨文、金文专家，在学术上的造诣和成就早已蜚声海内外，为世人所公认。"②

唐兰另一位学生高明先生在《唐立庵先生与中国古文字学》的纪念文章中深情缅怀老师："先生的性格爽朗，风趣乐观。"又写道："立庵先生学识渊博，兴趣广泛，在学术领域中涉猎甚广，诸如经学、文学、史学、金石考古、文字、音韵、训诂、诗、词、歌、赋，无一不通。"③

裴锡圭先生在《回忆唐兰先生》一文中写道："唐先生是一九七九年初逝世的。先生享寿不算短，晚年还生过一场大病，但在学术方面，思想始终清晰、敏捷，逝世前还在勤奋写作，听说最

---

① 张政烺：《唐兰先生金文论集·序》，故宫博物院编，唐兰著：《唐兰先生金文论集》，"序"第 1 页。

② 王玉哲：《甲骨文自然分类简编·序》，唐兰著：《甲骨文自然分类简编》，太原：山西教育出版社，1999 年，"序"第 9 页。

③ 高明：《唐立庵先生与中国古文字学》，《唐兰全集 12：书信·诗词·附录》，第 324 页。

后中风倒地时手里还拿着书。先生学术生命力的旺盛是惊人的。"①

朱德熙先生在《纪念唐立厂先生》中回忆了在西南联大聆听唐兰教诲时的情景，写得十分生动感人。他写道："立厂先生在学生里威信很高，有的同学凡是先生开的课一律都听，我便是其中的一个。"他又写道："立厂先生是我治古文字学的启蒙老师。抗战期间，我在昆明西南联合大学上学，从一九四二年到一九四四年，连续听先生的课……先生在联大时期开过的课很多，我记得的有：六国铜器、甲骨文字、古文字学……立厂先生受的是传统教育，可是他完全没有旧时学者那种狭隘、保守的气味，从先生的著作以及他的治学方法里可以看出，他思想开明，而且富有近代科学精神。"朱德熙先生深情回忆道："立厂先生是一个非常乐观的人，我从来没有见他为什么事情发过愁，他那爽朗、纵情的哈哈大笑有一种感染力，能让心里有什么别扭事儿的人跟他一起快活起来。"②

唐兰在调入故宫博物院后带的唯一的北大研究生郝本性先生在《高山仰止 永怀师恩》中是这样赞颂他的恩师的："最可敬的是唐先生活到老、学到老，工作不服老，老而弥坚的雄心壮志和忘我献身的精神。"③

从这些学界知名学者专家纪念、缅怀唐兰的文章和讲话中，唐兰先生的音容笑貌栩栩如生地展现在读者的眼前。

---

① 裘锡圭：《回忆唐兰先生——为纪念唐先生百年诞辰而作》，《唐兰全集12：书信·诗词·附录》，第337页。

② 朱德熙：《纪念唐立厂先生》，《唐兰全集12：书信·诗词·附录》，第307—309页。

③ 郝本性：《高山仰止 永怀师恩》，《唐兰全集12：书信·诗词·附录》，第340页。

附　录

唐兰年表①

1901年（清光绪二十七年 辛丑年）　　　　　　　　　　1岁

　　1月9日（农历庚子年十一月十九日），出生于浙江省嘉兴县秀水兜。

1912年（民国元年 壬子年）　　　　　　　　　　　　12岁

　　就读嘉兴县乙种商业学校。

1915年（民国四年 乙卯年）　　　　　　　　　　　　15岁

　　从嘉兴县乙种商科学校正科毕业。从嘉兴名医陈仲南学医。

1917年（民国六年 丁巳年）　　　　　　　　　　　　17岁

　　学医师成，开办景兰医院。

1919年（民国八年 己未年）　　　　　　　　　　　　19岁

　　行医。

1920年（民国九年 庚申年）　　　　　　　　　　　　20岁

　　行医。辑《喉痧汇编》（已佚）。

1921年（民国十年 辛酉年）　　　　　　　　　　　　21岁

　　入无锡国学专修馆，师从唐文治，攻治小学，渐及群经。

---

① 据唐复年、唐益年编写的《唐兰年表》整理改编，参见唐复年、唐益年：《唐兰年表》，嘉兴市政协文史资料委员会编：《嘉兴文杰》（第一集），北京：当代中国出版社，2005年，第527—541页。

1923 年（民国十二年 癸亥年） 23 岁

无锡国学专修馆毕业。经罗振玉介绍，至天津周学熙家任家庭教师。

1924 年（民国十三年 甲子年） 24 岁

4 月，受罗振玉重托，仿写唐人写本《切韵》。

1929 年（民国十八年 己巳年） 29 岁

在天津主编《将来月刊》《商报·文学周刊》。

1931 年（民国二十年 辛未年） 31 岁

赴辽宁沈阳，任东北年鉴处总修校，继任辽宁教育厅编辑，主编《东北丛书》。同时，任东北大学讲师，讲授《尚书》。

10 月 18 日，因"九一八"，返回北平。

1932 年（民国二十一年 壬申年） 32 岁

春，代顾颉刚在北京大学、燕京大学讲授《尚书》。

秋，先后在北京大学、辅仁大学、清华大学、中国大学、北平师范大学任讲师，讲授金文、古籍新证及诗、书、"三礼"，旋又代董作宾讲授甲骨文字。

1933 年（民国二十二年 癸酉年） 33 岁

作《"意怠"考》（《国学丛编》第 2 卷第 2 期）、《古乐器小记》（《燕京学报》第 14 期）、《颂斋吉金图录》序、《殷契佚存》序。

受聘于故宫博物院，任专门委员。

1934 年（民国二十三年 甲戌年） 34 岁

与张晶筠结婚。

作《殷虚文字记》、《甲骨文编》序、《古史新证》序等。

1935 年（民国二十四年 乙亥年） 35 岁

作《古文声系》序、《陈常匋釜考》（北京大学《国学月刊》第 5 卷

第 1 期)、《同簋地理考（西周地理考之一）》(《禹贡》第 3 卷第 12 期)、
《参加伦敦中国艺术国际展览会铜器说明》(北京大学《史学论丛》第 2
册)、《关于"尾右甲"卜辞——董作宾氏典册龟版说之商榷》(北京大学
《国学季刊》第 5 卷第 3 号)、《古文字学导论》(北京大学讲义，北京大
学出版组石印)。

1937 年（民国二十六年 丁丑年）　　　　　　　　　　　37 岁

　　7 月，日本武田熙、汉奸钱相在报纸上宣布唐兰为古学院理事，唐
兰当即登报公开声明不参加。

1938 年（民国二十七年 戊寅年）　　　　　　　　　　　38 岁

　　取道香港、越南河内，辗转至云南昆明，入西南联合大学，任中文
系副教授。

　　作《智君子鉴考》(《辅仁学志》第 7 卷第 1、2 合期)。

1939 年（民国二十八年 己卯年）　　　　　　　　　　　39 岁

　　作《未有谥法以前的"易名"制度》(10 月 8 日《中央日报·读书副
刊》)、《关于岁星》(10 月 29 日《中央日报·读书副刊》)、《说井》(12
月 17 日《中央日报·读书副刊》)。著《天壤阁甲骨文存并考释》，由辅仁
大学出版。

1940 年（民国二十九年 庚辰年）　　　　　　　　　　　40 岁

　　任西南联合大学中文系教授，同时担任北京大学文科研究所导师，
带研究生，讲授六国铜器、甲骨文字、古文字学、《说文解字》、《尔
雅》、《战国策》及唐宋诗词等。

　　作《读新出殷虚文字学书六种》(《中央日报·读书副刊》)。

1941 年（民国三十年 辛巳年）　　　　　　　　　　　　41 岁

　　作《苏秦考》(《文史杂志》第 1 卷第 1、2 期)、《论骑术入中国始
于周末》(《文史杂志》第 1 卷第 3 期)、《评"铁云藏龟零拾"》(《文史

杂志》第 1 卷第 7 期)、《吕大临〈考古图释文〉跋》(《图书季刊》第 3 卷第 1、2 期合刊)、《王命传奇》(《国学季刊》第 6 卷第 4 号)。著《六国铜器铭文研究》《高本汉音韵学批判》，但此二书手稿未发表，已佚。

1946 年（民国三十五年 丙戌年） 46 岁

经重庆返北平，继续担任北京大学教授，同时担任教育部清理敌伪文物委员会委员。

1947 年（民国三十六年 丁亥年） 47 岁

代理北京大学中文系主任。续任故宫专门委员。

1949 年（己丑年） 49 岁

北京大学教授兼中文系代主任。

3 月，《中国文字学》由上海开明书店出版。

作《中国文字改革的基本问题和推动文盲教育、儿童教育两问题的联系》(10 月 9 日《人民日报》)。

1950 年（庚寅年） 50 岁

兼故宫博物院设计员。

参加江西"土改"工作。

1951 年（辛卯年） 51 岁

参加江西"土改"工作。

1952 年（壬辰年） 52 岁

参加江西"土改"工作。

正式调入故宫博物院任设计员、研究员，兼北京大学教授。被选为中国历史学会候补理事。

作《铜器》(《文物参考资料》第 4 期)。

1953 年（癸巳年） 53 岁

作《从金属工具的发明过渡到手工业脱离农业而分立的问题》(《文

物参考资料》第 7 期）。

1954 年（甲午年）　　　　　　　　　　　　　　　　　54 岁

任中国科学院历史研究所学术委员。

1955 年（乙未年）　　　　　　　　　　　　　　　　　55 岁

任故宫博物院艺术委员会主任。

作《中国古代历史上的年代问题》（《新建设》月刊第 3 号）、《玉器》（《人民画报》第 4 期）、《中国文字的简化和拼音化》（8 月 31 日《光明日报》）。

1956 年（丙申年）　　　　　　　　　　　　　　　　　56 岁

任故宫博物院陈列室主任。

受文化部委派，出访芬兰与瑞典。

1959 年（己亥年）　　　　　　　　　　　　　　　　　59 岁

任北京市第二届政协委员。

作《对曹操要有适当的评价》（5 月 22 日《文汇报》）、《没有必要"替殷纣王翻案"》（7 月 24 日《解放日报》）、《刘松年山水画卷》（《人民画报》第 14 期）、《"王朝史体系"应该打破》（《新建设》第 4 期）。

1960 年（庚子年）　　　　　　　　　　　　　　　　　60 岁

任故宫博物院副院长。

作《故宫博物院丛话》（《文物》第 1 期）、《中国古代社会使用青铜农器问题的初步研究》）（《故宫博物院院刊》第 2 期）、《论汉字简化的方法问题》（8 月 11 日《光明日报》）、《从群众造字说起——兼论新形声字问题》（10 月 20 日《光明日报》）、《记美帝国主义阴谋劫夺我国青铜重器》（《文物》第 10 期）。

1961 年（辛丑年）　　　　　　　　　　　　　　　　　61 岁

被选为北京历史学会理事。

1966 年（丙午年）　　　　　　　　　　　　　　　　66 岁

在"文化大革命"中被打成黑帮分子。

1969 年（己酉年）　　　　　　　　　　　　　　　　69 岁

经军宣队、工宣队审查，宣布按人民内部矛盾处理，被下放到湖北省咸宁县文化部"五七干校"劳动，后转至嘉鱼"五七"分校。

1972 年（壬子年）　　　　　　　　　　　　　　　　72 岁

被借调到湖北省博物馆工作。

作《永盂铭文解释》（《文物》第 1 期）、《侯马出土晋国赵嘉之盟载书新释》（《文物》第 8 期）、《座谈长沙马王堆一号汉墓》（《文物》第 9 期）。

1973 年（癸丑年）　　　　　　　　　　　　　　　　73 岁

回到北京。

作《"弓形器"（铜弓秘）用途考》（《考古》第 3 期）、《从河南郑州出土的商代前期青铜器谈起》（《文物》第 7 期）。

1974 年（甲寅年）　　　　　　　　　　　　　　　　74 岁

参加长沙马王堆出土帛书、竹简的研究整理工作。

作《座谈长沙马王堆汉墓帛书发言》（《文物》第 9 期）、《〈黄帝四经〉初探》（《文物》第 10 期）。

1975 年（乙卯年）　　　　　　　　　　　　　　　　75 岁

作《马王堆帛书〈却谷食气篇〉考》（《文物》第 6 期）、《马王堆出土〈老子〉乙本卷前古佚书的研究——兼论其与汉初儒法斗争的关系》（《考古学报》第 1 期）、《关于江西吴城文化遗址与文字的初步探索》（《文物》第 7 期）、《关于帛书〈战国策〉中苏秦书信若干年代问题的商榷》（《文物》第 8 期）。

1976 年（丙辰年）   76 岁

作《冢尊铭文解释》（《文物》第 1 期）、《陕西省岐山县董家村新出
西周重要铜器铭辞的译文和解释》（《文物》第 5 期）、《用青铜器铭文
来研究西周史——综论宝鸡市近年发现的一批青铜器的重要历史价值》
（《文物》第 6 期）。

1977 年（丁巳年）   77 岁

作《从大汶口文化的陶器文字看战国最早文化的年代》（7 月 14 日
《光明日报》）。

1978 年（戊午年）   78 岁

应河南、陕西博物馆之约，赴两省进行周原考古。

3 月，任全国第五届政协委员。

4 月，随中国文物代表团访问香港。

5 月，患脑中风，在家休养。

作《再论大汶口文化的社会性质和大汶口陶器文字——兼答彭邦炯
同志》（2 月 23 日《光明日报》）、《文字学规划初步设想》（《中国语文》
第 2 期）、《中国青铜器的起源与发展》（《故宫博物院院刊》1979 年第
1 期）、《中国有六千多年文明史——论大汶口文化是少昊文化》（《大公
报在港复刊卅周年纪念文集》，香港大公报出版）。

1979 年（己未年）   79 岁

1 月 11 日逝世，享年 79 岁。被故宫博物院党委追认为中国共产党
党员。

纪念文选

一代大师
——纪念唐兰先生诞辰百年

刘雨 [1]（故宫博物院）

1923 年王国维为《殷虚文字类编》所作的序言中曾写道："今世弱冠治古文字学者，余所见得四人焉，曰嘉兴唐立庵友兰……尝据古书古器以校《说文解字》……"

唐兰先生先后在当时的燕京大学、北京大学、清华大学等著名学府任教，曾代顾颉刚先生讲《尚书》，并教授《诗经》、"三礼"和文字学。

抗战全面爆发，他不甘心做亡国奴，只身逃离北平，长途跋涉，历尽艰险，绕道河内，到达昆明，就教于西南联大。他开设的《说文解字》、甲骨文、古文字学等脍炙人口的课程，深深地影响了一代学子的治学道路。据朱德熙先生讲："有的同学凡是唐兰先生开的课一律都听，我便是其中的一个。"

唐先生一生留下了数百万字的学术著作。他在 1935 年发表的《古文字学导论》和 1949 年发表的《中国文字学》两书，是我国现代意义上的最早、最完整的文字学理论著作。它们回答了我国文字学的范围、历史、起源、演变、收集、整理、研究、应用

---

① 刘雨（1938—2020），故宫博物院学术委员会委员、中国古文字研究会理事、著名古文字学家、青铜器研究专家。1997 年调入故宫博物院，任古器部主任。2007 年起作为首席专家，主持《唐兰全集》编纂工作。

等一系列基本问题。在孙诒让"偏旁分析法"的基础上，又提出了集"对照法""推勘法""偏旁分析法""历史考证法"四位一体的综合研究古文字的方法。唐先生讲古文字课时，对自己的发明非常自信，说："他们是小手工作坊，一个字一个字地认，我是机械化生产，一认就一串字。"唐先生用他建立的理论体系作指导，解决了不少十分难认的古文字的识读问题，证明了他建立的方法论是有科学根据的。这正如朱德熙先生所说："二十年代至三十年代，研究古文字是一件时髦的事，考释甲骨、金文的文章发表得很多。不过其中很大一部分是没有多少根据的胡猜。在甲骨方面发表过不少论著的叶玉森自己就承认考释甲骨文字犹如射覆。立厂先生写《古文字学导论》就是为了榷陷廓清这种不科学的学风，力图把古文字的研究建立在扎扎实实的科学基础上。"他提出的中国古代文字构成"三书说"理论，是对东汉许慎以来的"六书说"的重大挑战。

唐兰先生的学术生涯，早期以甲骨文研究见长，他在1934年以北大讲义为基础写的《殷虚文字记》一书，考释出甲骨文74个字，其中对"屯""秋""羽""妇"等许多字的考释已成为定论。1939年他发表的《天壤阁甲骨文存并考释》一书，对王懿荣旧藏甲骨做了分项整理排列，同时也对卜辞做了一系列精辟的考证，如他对"惠""寻"等字的考证已被学术界所肯定。

他在晚年用力最勤、成绩最大的是对先秦青铜器及其铭文的研究，他对铜器断代研究曾有过两个重要发现。早在1936年他写了《周王䵼钟考》，考证出现藏台北故宫博物院的宗周钟的作器者"䵼"，就是文献所说的"周厉王胡"。当时的学者多认为宗周钟是西周早期器，对他的意见并不以为然。在他去世前不久的1978

年，陕西扶风县齐村出土了著名的𣄰簋，1981年扶风庄白村又出土了五祀𣄰钟，器物形制是西周晚期的，证实了四十多年前他的意见是非常有预见性的。

铜器断代研究最早有王国维的"时王生称说"，其后有郭沫若的"标准器断代法"。郭老的《两周金文辞大系》一出，用金文进行铜器断代的方法，从理论上说已建立起来。但是，郭老串联的有铭西周铜器，放在成王时的明显偏多，于理不合。如何改进郭老的断代体系呢？ 1962年，唐兰先生发表了《西周铜器断代中的"康宫"问题》长文，指出西周金文中出现的"康宫"就是"康王之庙"。因此，凡记有"康宫"的铜器，其时代不得早于昭王。这就把郭老断在成王侍的令组器（方彝、尊、簋）、中组器（三鼎、一尊、一甗）、𢼘尊、𢼘卣、遣尊、遣卣，断在康王时的麦组四器（尊、方彝、鼎、盉）等全都移到昭王，并与文献所记昭王南巡的史实联系起来。又由于唐兰认为"康宫"里有"昭宫""穆宫""夷宫""厉宫"等，是昭、穆、夷、厉诸王的宗庙，因此，依此类推，凡记有上述诸宫的铜器，必是上述诸王之后的铜器。这样，郭沫若原定在共王时的颂组器（鼎、簋、壶）就改定在厉王时，原定在夷王时的克钟就应改在宣王时等。此次夏商周断代工程对陕西新出吴虎鼎的断代处理，就使用了唐兰先生的"康宫断代原则"。唐兰在60年代提出的"康宫"断代原则，目前找不到反证，并不断被后出的铜器所肯定，已逐渐为多数学界中人所接受。

唐兰对金文研究的另一贡献，是他用金文资料系统地研究西周史。1986年由他的儿子唐复年整理发表的《西周青铜器铭文分代史征》是一部总结他一生金文研究的力作，书中共引用了西周金文资料 350 件，计划通过对全部西周金文的研究，结合文献记载，重写西周史。这一研究是建立在他的"康宫原则"断代体系基础上的。书稿作于 20 世纪的 70 年代，他占有了截止到 70 年代末为止的新的金文数据，所以，可以说他的这一研究代表了这一学科在 70 年代的最高水平。1995 年故宫紫禁城出版社出版了《唐兰先生金文论集》，收集了他发表的金文论文 45 篇，他的学生张政烺先生在序言中写道："先生开始考释金文在三十年代，初极认真，曾自谓以孙诒让为榜样，检查成绩，实过之而无不及……然先生毕生精心之作，则非他人所能望其项背也。"给予了极高的评价。

唐先生在自己全新的文字理论指导下，对甲骨文、金文开展了非常深入的研究，多有创见。晚年又对长沙马王堆汉墓的帛书、竹书，以及山西侯马晋国盟书做了精辟的考证。

唐先生大半生站在讲台上，教书育人，培养了一批又一批高素质人才，著名学者朱德熙、周一良、张政烺皆出自其门下。

唐先生治学严谨，涉猎广泛，在考古学、音韵学、石刻、古代书画等学术领域都做过很深入的研究，流传下许多著作。

唐先生的一生与故宫有着不解之缘。早在 1936 年，他就在当时的院长马衡先生的引荐下，做过故宫博物院专门委员。新中国成立以后，于 1951 年受聘为故宫博物院设计员。1952 年调到故宫后，他被聘为研究员，担任陈列部主任、美术史部主任、副院长等职，并一直任故宫学术委员会主任至 1979 年去世。故宫学术研究的框架，是在他的直接领导下建立起来的。

故宫收藏先秦青铜器数以万计，多数经唐先生悉心研究。1999 年 10 月故宫博物院重新改陈的青铜器馆，就是追随唐先生的学术思想而设计的。馆中铜器的断代，贯彻了先生的"康宫原则"。在上百件有铭文的数据中，凡唐先生考释过的铭文，一律使用唐先生的释文。唐先生生前做了许多金文的白话翻译工作，开始我们对此并不理解，以为大学者写通俗作品，是一种精力上的浪费。可是当我们自己在编写青铜器馆的改陈大纲时，才恍然大悟，原来先生是在为广大的故宫观众着想，让艰深的青铜器铭文所记载的三千年前的历史故事为广大观众看懂，除此之外，别无他途。于是，我们一方面把唐先生已做过的白话翻译全文公之于众，同时对大多数铭文较长的铜器，除作了释文以外，也仿效唐先生的做法，写了白话翻译，受到广大观众好评。

（原载于《中国文物报》2001 年 2 月 14 日第 5 版）

《唐兰全集》评介

杨安[①]（故宫博物院）

　　唐兰先生是中国著名的古文字学家，早年间精读《说文解字》《尔雅》等典籍，对古文字研究有很深的造诣，有很大贡献。[②]唐兰先生全集的出版，多年来受到学界的关注。张政烺先生早在1995年便有出版先生全集的想法[③]，二十年过去了，《唐兰全集》终于面世，张先生泉下有知，也会为这古文字学界的盛事感到欣慰的。

　　《唐兰全集》（以下简称《全集》）全书共12册，16开本，2015年11月由上海古籍出版社出版。《全集》的1—4册收录先生已刊文章233篇，5—8册为其著作《中国文字学》《殷虚文字记》《古文字学导论》《天壤阁甲骨文存并考释》《西周青铜器铭文分代史征》和《甲骨文自然分类简编稿本》，第9—12册收录唐先生未刊遗稿百余万字以及书信、诗歌、附录等内容。《全集》的编辑工作自2006年始，整理编辑小组秉承着严谨治学、持之以恒的敬业精神，通过不懈努力，历时八年，终于顺利完成了编辑工作。2015年是唐兰先生最后工作的故宫博物院建院九十周年，《全集》既是故宫院庆献礼之书，更是一部全面解读唐兰先生学术成就、了解其治学风格的集成之作。

　　《全集》以裘锡圭、高明、曾宪通、吴振武、郝本性、吴镇

---

① 杨安，故宫博物院研究员，《唐兰全集》编审。

② 参考《唐兰同志悼词》，《古文字研究》（第二辑），北京：中华书局，1981年。

③ 张政烺：《唐兰先生金文论集·序》，故宫博物院编，唐兰著：《唐兰先生金文论集》，北京：紫禁城出版社，1995年。

烽、夏含夷（美）、汪涛（英）等学界巨擘担任学术顾问，整理
编辑小组由刘雨、丁孟两位先生担任正、副组长，并通过著名专
家推荐，集合了各相关领域的优秀博士生与故宫博物院内专家学
者，一起组建了一支强大的学术队伍。① 高水平的学术顾问与编
辑团队保证了《全集》从体例制订、内容取舍、文字审校等方面
的专业性。我们根据《全集》所呈现出的面貌结合收录的内容，
归纳全书特点如下。

一、求全——收录内容尽可能详备

所谓"上穷碧落下黄泉，动手动脚找材料"，《全集》收录的
唐兰先生平生所写文章、诗歌、书信、课堂讲义等非常完备，说
明整理小组在"全"字上下足了功夫。

首先，唐先生早年发表在报刊上的文章、诗词等收录全面。
《全集》收录了唐兰先生早年在无锡国学专修馆学习时所写的课堂
作业共 15 篇，每篇课业文章后大都有其师唐文治和其他老师的批
语，从这些批语如"非学有根柢者，无此淹贯""他日之经师也"等
可以看到老师对青年唐兰的高度评价。这些文章原刊于无锡国专自
印文集，读者很难见到，编辑小组将它们纳入《全集》，既补充了
唐兰先生早年文章的空白，更使读者了解了唐兰先生早年的经学传
承和由经学入小学的学术轨迹。例如，《曾子十篇实开中庸孟子之
先》《五礼五庸原于天秩》以及先生在无锡国专的毕业之作《婚礼概
论》等篇目，都反映出唐先生当年对于礼学研究的重视。从此可以

---

① 参考《唐兰全集·后记》，《唐兰全集 12：书信·诗词·附录》，第 343—349 页。

看到唐兰先生经学的治学思路与黄元同、唐文治一脉相承。

　　其次，唐兰先生早期的文章多见于《商报·文学周刊》和《将来月刊》两种刊物。这两种刊物是他在天津时主编的，但由于年代久远，现已很难见到，不少文章已经散佚，《全集》编辑者最大限度地找到了其中的文章。例如发表在《商报·文学周刊》上的《书罗叔蕴先生所著"矢彝考释"后》，是唐兰先生对于"矢彝"铭文最早的论述，但《全集》出版前很难见其全文，有学者也表示"今已不易查寻"。①《全集》中收录了这篇文章，并且从文章中一些语句如"此铭但云'康宫'，故知必为昭王矣"等，可以看出日后唐兰先生著名"康宫原则"的雏形。除此两刊外，《全集》广泛收录了唐先生在早期报纸、杂志、各种集刊中发表的论文、诗歌、杂文、小说等。民国时期报业盛行，报纸刊物种类繁多，唐兰先生于 1924—1948 年 24 年间，在 39 种刊物上发表文章、诗歌共 135 篇。

　　最后，先生的课堂讲义、书信等内容在《全集》中收录全面。唐兰先生一生在东北大学、清华大学、辅仁大学、西南联大、北京大学等多个高校担任过教师，其课堂讲义是宝贵的学术财富。后辈学者不可能再有机会聆听唐先生讲课，但这些讲义可以让后学重回那时的课堂，聆听大师授课。《全集》中收录了 4 种讲义，分别是：20 世纪 30 年代初期唐先生在北京大学讲授《古籍新证》的讲义，内容是《〈尚书〉新证》和《西周纪年考》；1942 年在西南联大时讲授宋词的讲义；20 世纪 40 年代唐先生撰写的《古代铭刻学讲义》，保存《通论》一章。

---

① 蒋玉斌:《令方尊、令方彝所谓"金小牛"再考》，复旦大学出土文献与古文字研究中心网站，2010 年 6 月 8 日。

二、存真——最大限度保持手稿原貌

仔细品读《全集》，尤其是对比之前出版过的作品，可以发现，"存真"是《全集》的一个重要特点。例如《西周青铜器铭文分代史征》（以下简称《史征》）和《甲骨文自然分类简编》（以下简称《简编》）两书，之前已经有出版的本子，但由于当时的整理思路求全责备，使得出版物与唐兰先生书稿的原貌有一定的差别。本次《全集》的出版，整理小组参考已经出版的成果，严格按照唐兰先生手稿再次进行编辑整理，对1986年版《史征》进行了全面的校对，并改手抄为排印出版。本次《史征》整理者严志斌先生总结1986年版《史征》包括错字、脱字、增加文字等问题共计1355处，在这次编辑中全部按照手稿予以纠正。《史征》的这次出版，可以说是对这部遗稿经典的一次归本还原。

《简编》手稿相对《史征》来讲，整理难度更大。与《史征》一样，《简编》也是未完成的遗稿，按当时情况，如山西教育出版社1999年出版的那样整理实属不易，当然也难免存在一些问题。与手稿对照，山西本存在误字、标点、重复、位置颠倒及漏抄等问题。本次《简编》由宋华强先生整理，他仔细整理了《简编》手稿的前后顺序，并且将手稿与山西本做了详细的对比，最终给读者呈现的是按照合理顺序的手稿影印本。[①] 这样处理，既保留了唐先生原稿的面貌，又使读者清晰其编纂思路，可谓"存真"的典范。

再有能够体现《全集》"存真"这一特点的就是本次《殷虚文字记》一书的影印。《殷虚文字记》现在比较常见的版本是1981年

---

① 参考宋华强：《甲骨文自然分类简编稿本·整理说明》，《唐兰全集8：甲骨文自然分类简编稿本》，上海：上海古籍出版社，2015年，第703—732页。

唐复年先生整理、中华书局请抄手誊抄出版的本子，但这个版本存在不少错讹。《全集》收录的《殷虚文字记》采用于省吾先生旧藏1934年唐兰先生手写上版的石印本为底本，配合陈梦家先生藏该书残本优劣互见，形成最完整真实的《殷虚文字记》。①

《全集》中"遗稿集"部分，可以看到编辑小组的处理是非常谨慎的。"遗稿集"由唐先生生前未及发表的手稿整理而成，这部分内容要做到"存真"，确非易事。若直接影印出版，虽然可以保证真实可靠，但其原稿字迹潦草漫漶，研究者辨识起来尚不容易，更不用说普通读者。整理小组在处理遗稿时特意撰写说明云："为使读者了解作品的真实状况，各篇的整理工作以保存作品原貌为要，整理工作仅限于进行草字识别、增加标点、散见篇框外字句合理归位和对个别篇章表格化等，遗稿的引文、用字等具体文字内容一律不作校订修改。"② 此种做法不易手稿一字，真实地反映原稿情况，保证了读者见到的就是手稿原貌，即便其中一些语句存在错讹与不完整，也不妄动，符合"遗稿"为读者提供基础学术数据的特点。同时，也可以通过遗稿使读者感受到唐先生写作的时代特征和个性，是一个两全其美的做法。

三、《全集》体现唐兰先生的全人格

一位学者全集的出版，不仅仅要让读者了解、研究其中的学术成果，同样也需要让读者能够通过全集了解这位学者的性格和

① 参考刘雨：《唐兰全集·殷虚文字记·整理说明》，《唐兰全集6：殷虚文字记·天壤阁甲骨文存并考释·中国文字学》，第388页。

② 参考《唐兰全集·遗稿集·〈遗稿集〉说明》，《唐兰全集9：遗稿集卷一》，第3页。

风骨。《全集》中，读者可以按照时间顺序，对照熟知的历史事件和历史环境，看到唐兰先生作为一个学者的性格和民族气节。例如，先生在日寇侵占北平期间，被汉奸单方面授予古学院理事，先生随即在报纸上发表声明称"早已不研究甚么金石古物了"，表达了自己不合作的态度。再如，先生在沈阳期间，亲眼见到同胞在日本统治下的亡国奴生活，便奋笔写下《呜呼！土肥圆的仁政》一文并以"楚囚"的笔名发表，以讽刺日本侵略者挂羊头卖狗肉的殖民行径。《全集》收录的这些文章时代特殊，又多数与学术无关，但却表现了学者在国难时期不屈的民族气节。

再有，民国时期中西文化碰撞，在传统文化遭遇严重挑战的大环境下，先生能够清晰地辨明道路，坚守民族文化信仰。《全集》中收录的民国时期文章，很多都能体现先生这一性格。例如，1923 年，先生在学校期间，曾撰写《尊经阁赋》，其中有文云："岔辅王之疑经兮，害乃及于今兹。彼庄龚之作俑兮，初未知至乎此也。由积疑而弃经兮，遂伦常之可訾兮，世浑沦而扰乱，乃无一道之可守。悲斯民之无辜兮，何为沦于禽兽。"对当时国学走向没落的学术氛围抒发了感慨。1928 年，先生在《将来月刊》中发表《近时中国学术界的迷惘》一文，文中用"迷惘"一词形容当时国人盲目崇拜外国思想的现象，对这种现象进行了分析、讽刺与批评，并理性地指出中国传统学术思想与西方思想优劣互见。之后，在《商报·文学周刊》又连载发表《关于塔尔海玛 Thalheimer 论〈古代中国哲学〉的讨论》，深入地反驳了塔尔海玛对中国传统哲学的片面理解。凡此种种，可以看到唐兰先生在民国时期纷乱的思潮中作为一名传统文化捍卫者的傲骨。

新中国建立以后，"汉字拉丁拼音化"是汉字改革的政治倾向，汉字面临着前所未有的危机。《全集》中收录了先生几次从传承和学术角度发表的《论马克思主义理论与中国文字改革的基本问题》《再论中国文字改革基本问题——关于"汉字拼音化"》等数篇文章，他极力反对用拉丁字母拼写代替汉字。在自己的主张受到批判时，先生更是连续发表《行政命令不能解决学术问题》《要说服不要压服》两文，面对政治压力，陈述自己的坚定立场，挽狂澜于既倒，为日后中国文字改革走向正确的道路立下不朽之功。

可以说，无论是民国时期还是新中国成立后，唐兰先生都有着自己坚定的文化信仰，不被外来思潮和行政命令所撼动，这种学者的性格与风骨在读者阅读《全集》时可以感受得淋漓尽致。

《全集》也基本保留了唐先生在特殊时期的多篇长文，如《孔子批判》《中国古代的奴隶制国家》等。这些文章虽然带有明显的时代特征和政治需求，但是其中包含的论证观点也并非全无道理，同样具有一定的学术和史料价值。相信广大读者也应该可以理性地判断是非，理解学者在当时的历史背景写下这些内容的原因。

《全集》前言中说："（唐兰先生的）学术成就影响了数代学者，他是一位在二十世纪中国和世界学术史上有重要地位的学者。"《全集》的出版为学术界全面了解唐兰先生的学术成果提供了很丰富的材料，为保存和传布这位学术巨人的著作有着不朽之功。在此，向九年间为《全集》的编辑出版付出过努力辛劳的专家学者以及有识之士致以深深的敬意！

（原载于《中国史研究动态》2016年第3期）

苔岑之契　师生之谊

——谈马衡与唐兰的交往①

杨安（故宫博物院）

　　马衡，字叔平，号无咎，是著名金石学家、故宫博物院第二任院长。他一生从事文物保护事业，终生以保护故宫文物为职志，是中国近代考古学和博物馆事业的先驱和开拓者。他精于书法篆刻，专治金石学，有《凡将斋金石丛稿》等专著存世。②

　　唐兰，号立庵，是著名古文字学家、历史学家，历任故宫博物院专门委员、陈列部主任、副院长。唐兰在古文字考释、青铜器断代方面有着突出成就，是中国古文字学的学科奠基人之一。

　　作为学者，马衡与唐兰都取得了很高的成就。作为管理者，两位先生都是故宫博物院从初创到转型时期的历史创造者和重要见证者。两位先生志同道合，亦师亦友，在不同时期为故宫博物院各项工作，尤其是展览陈列、学术科研工作，做出了重要贡献，为故宫博物院目前提倡的"学术故宫"建设奠定了坚实的基础。

　　马衡出生于 1881 年，比生于 1901 年的唐兰整整大了 20 岁，而二人却有着金石之交、忘年之谊。从我们找到的史料看，马衡与唐兰两位先生从 20 世纪 30 年代直至马先生去世，二十余年间一直保持着深厚的友谊。也可以说，年长 20 岁的马衡是唐兰与

---

① 本文为故宫博物院科研课题项目"唐兰生平及学术研究"阶段性成果。（为行文方便，文中前辈学者皆未称"先生"，敬请理解。）

② 参考郑欣淼：《厥功甚伟 其德永馨——纪念马衡先生逝世五十周年》，故宫博物院编：《马衡捐献卷》，北京：紫禁城出版社，2005 年，第 11 页。

故宫博物院结缘的"月老"，是他在文物博物馆事业上的老师和领路人。在唐兰作为专门委员为故宫博物院工作的十几年中，马衡一直给予他极大的信任，频频委以重托，这既是对唐兰学识和能力的认可，更是对晚辈后学的提携和帮助。料戾彻鉴，从二位先生的交往中可以看到马衡在任院长时对故宫博物院学术科研工作的高度重视，尤其是对学术人才的网罗与吸纳。钩沉稽远，我们希望能从纷乱的史料中，爬梳两位先生的交往历史，并以此追慕老一辈学界大师的风范与精神。

一

马衡与唐兰何时订交已不可考。现在能见到的二人最早的交集是在1932年1月18日，容庚筹划成立金石学社，约一众学者到中兴楼聚餐。容庚在日记中记载：

> 在中兴楼聚餐，到者：孙伯恒、马叔平、唐立庵、周季木、商锡永。拟成立一金石学社，定名述社，印行吉金文字，每人出资二十员（圆），集资四百元。[1]

1932年，马衡正任故宫博物院理事会理事兼古物馆副馆长。唐兰则于1931年应金毓黻邀请从天津赴沈阳编辑《辽海丛书》，同时，应高亨之邀于东北大学讲授《尚书》；1932年春，在燕京大学、北京大学代顾颉刚讲《尚书》；当年秋，入北京大学中文系任教。[2] 从上引容庚日记中的记载看，1932年1月的这次聚会成为

---

[1] 容庚著，夏和顺整理：《容庚北平日记》，北京：中华书局，2019年，第245页。

[2] 参考刘雨：《唐兰全集·前言》，《唐兰全集1：论文集上编（1923—1934）》，"前言"第4页。

二人交往的开始是有可能的。此后，两人的交流便逐渐频繁起来。

如 1932 年，郭沫若在日本东京文求堂书店看到一套石鼓文拓本的照片，共 42 张，无题跋，后来知其为《后劲本》照片。郭氏据该套照片写成《石鼓文研究》一文，并将此套照片寄回国内由马衡、唐兰负责印出。[①]

后来，中华书局出版了《北宋拓周石鼓文》一书，马、唐二人皆为此本作跋。唐兰在跋文中说明了该拓本照片得到及影印的情况：

> 郭沫若氏，自日本遗书，告以得见前茅本，尤胜于中权本（郭君著述中称为先锋本、中坚本，乃误记），因怅其不得见也。久之，会有挟摄景本求售者，索值甚巨。寻绎之，即前茅本，但缺跋语。余寒士力不能举，一日燕集，座有马叔平、徐森玉诸氏，纵谈及此，诸先生并海内真赏，矜此奇宝，咸主设法保存，谓原墨既不可见，犹幸得留片影，等于孤本，岂可使复湮没，乃尽力谋之，今得如愿，前后几一载矣。[②]

十石鼓原藏国子监，马衡早在 1923 年就发表过《石鼓为秦刻石考》的文章，从文字流变、秦刻石遗文互证等角度考证，确定了石鼓为"秦刻石"无疑。[③]在 1931 年九一八事变爆发后，国民政府筹备故宫古物避寇南迁，石鼓则由故宫博物院代运，具体工作由马衡负责。在《北宋拓周石鼓文》的跋中，马先生也叙述了当

---

① 参考郭沫若：《石鼓文研究》，北京：科学出版社，2002 年，第 6 页。

② 唐兰：《北宋拓周石鼓文·跋》，《北宋拓周石鼓文》，北京：中华书局，1935 年。

③ 马衡：《石鼓为秦刻石考》，《凡将斋金石丛稿》，北京：中华书局，1977 年，第 165—175 页。

时迁运石鼓的情况：

> 余鉴于此种情状，及既往之事实，知保护石皮，为先务之急，乃就存字之处，糊之以纸，纵使石皮脱落，尤可粘合，次乃裹以絮被，缠以枲缠，其外复以木箱函之。今日之南迁，或较胜于当日之北徙也。①

再如 1935 年唐兰《古文字学导论》付梓，马衡、沈兼士都答应为其作序，虽然后来"因为种种原因，本书来不及等待马、沈二先生的序文"，但唐兰在"追记"中还是说："这次本只印了两百部，所以假如有再版的机会，我是很想马、沈二先生能拨冗指正的。"可以想见唐先生对于马衡在学术上的景仰。②

除了学术上的交流，作为好友，先生们也经常一起聚会、宴饮。陈伟武说："二三十年代，北京虽政局混乱黑暗，文化界又是一番景象。"③"民国十余年后，故都学者云集，其人大都以学术为性命，时时为文酒之会，辄相与商讨文艺，辨析疑义以为乐。"马衡之孙马思猛谈到其祖父交友时说："爷爷和这些朋友之间交往皆乃君子之交，也有忘年之交。是以书会友，以文会友，以诗会友，以篆刻印章会友，以学术研究会友，这是爷爷与知音者交往的主旋律，当然以酒会友也乐在其中。"④

两人参加宴饮的情况，如《顾颉刚日记》中记载：

---

① 马衡：《明安国藏拓猎石碣跋》，《凡将斋金石丛稿》，第 177 页。

② 唐兰：《古文字学导论》，济南：齐鲁书社，1981 年，第 1 页。

③ 陈伟武：《容希白于思泊两位先生的"金石之交"——初读〈容庚日记〉》，"纪念古文字研究会四十周年国际学术研讨会"主题报告，长春，2018 年 10 月 9 日。

④ 马思猛：《金石梦，故宫情——我心中的爷爷马衡》，北京：国家图书馆出版社，2009 年，第139—140 页。

1932年7月8日 到玉华台赴宴。……今午同席：马叔平、李济之、商锡永、刘子植、唐立庵、方壮猷、王以中、赵斐云、予（以上客）、徐中舒（主）。①

1933年3月5日 到五道庙春华楼吃饭。今午同席：马叔平、徐森玉、谢刚主、侯芸圻、容希白、商锡永、赵斐云、唐立庵、予（以上客）、于思泊（省吾）（主）。②

1936年4月29日 到福家吃饭，赏海棠花。今午同席：马叔平、沈兼士、唐兰、袁同礼、予（以上客）、福开森（主）。③

唐兰也邀饮于家中，如《钱玄同日记》载：

1932年11月13日 晚唐立庵赏饭于其家中，共十三人：玄同、叔平、仲舒、子植、芸圻、斐云、杨仲子、森玉、潘兔公、锡永、刘盼遂、颉刚、唐立庵也。（幼渔未到，到则十四人。）④

马衡、唐兰既志同道合，又有着忘年之交。在1933年唐兰受聘故宫博物院后，二人又有了同事之名。当时，马衡作为院长，院内一切工作且听其提调，况其作为博物馆行业的先驱，在展览陈列等业务方面也有着独到的见解。而唐兰当然要多向马先生请示和求教，两人间也自然就成了没有"名分"的师生。

① 顾颉刚：《顾颉刚日记》第2卷，北京：中华书局，2011年，第659—660页。

② 顾颉刚：《顾颉刚日记》第3卷，北京：中华书局，2011年，第20—21页。

③ 顾颉刚：《顾颉刚日记》第3卷，北京：中华书局，2011年，第469页。

④ 钱玄同：《钱玄同日记》中册，北京：北京大学出版社，2014年，第889页。

二

　　1929年4月3日，故宫博物院制定了《专门委员会暂行条例》，其中规定："本院为处理专门学术上问题起见，特在古物、文献、图书三馆内各设专门委员会，协助各该馆馆长关于学术上一切馆务。"① 专门委员的选聘是非常严格的，如古物馆选聘专门委员时说："本馆物品虽多而最难鉴别者，莫如书画、瓷器、铜器三种。清代之书画、瓷器可不至有赝品，所难者为明以前物品，当代之鉴赏家能鉴别清瓷清画者比比皆是，惟对于明以前物，有真知灼见者甚难其选。现组织专门委员会宜以此为标准，宁缺毋滥，好在将来可以随时增加也。"②

　　1933年6月，易培基请辞故宫博物院院长。7月26日，马衡代理故宫博物院院长职务。③1933年12月，马衡函聘唐兰、郑颖荪出任故宫专门委员。从此，唐兰开始了与故宫长达46年的缘分。

　　1934年9月26日，故宫博物院理事会第三次常务理事会议在南京召开。这次会议将专门委员会制度进行了改革：

　　　　本院因鉴于各委员散处各地，或自有其各项工作，召集开会，颇感不易，今拟分为特约与通信二种，特约专门委员直接负责审查之责，遇有疑不能决者，则征求通信委员之意见。④

---

① 朱鸿文主编：《故宫博物院九十年》，北京：故宫出版社，2018年，第45页。

② 故宫博物院编：《故宫博物院早期史》，北京：故宫出版社，2016年，第78页。

③ 朱鸿文主编：《故宫博物院九十年》，北京：故宫出版社，2018年，第60—61页。

④ 故宫博物院档案：领导指导类。

郑欣淼指出这次会议是故宫博物院专门委员会发展的第二个时期，并说：

> 此时的专门委员会分两种，一为特约专门委员，一为通信专门委员。特约专门委员是直接参与故宫文物清理、鉴定及审查工作，通信专门委员是给予知名学者的荣誉性职衔，也在文物审定等工作中以备咨询，给予指导。①

此次会议，马衡院长向理事会提交了《各种专门委员名单》，审议通过的专门委员人选名单共计55人，其中拟聘任为通信专门委员43人，特约专门委员12人。在特约专门委员中便有唐兰的名字，记载如下：

> 唐兰　立庵　长于鉴别铜器　二十二年十二月　特约

从这次的专门委员的聘任看，唐兰当年只有33岁，是除了赵万里之外最年轻的学者。本次会议后，唐兰作为特约专门委员，按照职责允许直接参与到了故宫博物院的工作之中。

1934年，英国大学中国委员会及英伦学术界人士发起并准备在伦敦举办中国艺术国际展览会。国民政府允诺参加，并决定选取故宫博物院所藏书画、金石、陶瓷等各项珍品参展；同年10月，伦敦艺展筹备委员会成立，其任务主要是"出品之征选"，又"选聘艺术专家若干人别组专门委员会司征选之责"。②

---

① 郑欣淼：《故宫博物院学术史的一条线索——以民国时期专门委员会为中心的考察》，载《故宫博物院院刊》2015年第4期，第22页。

② 伦敦中国艺术国际展览会筹备委员会：《参加伦敦中国艺术国际展览会出品图说·序》，1936年，第3页。

1934 年 11 月 4 日，伦敦中国艺术国际展览会筹备委员会专门委员会议在北京团城召开。本次会议上，马衡报告了此次预备展览经过及第一次筹备委员会记录，并议决：请唐兰、容庚二先生先拟铜器展览标准。① 1935 年 2 月 19 日下午，在上海驻沪筹备处，第五次专门委员会会议召开，讨论审查展览物品等问题，决议铜器组由唐兰、李济、徐鸿宝、马衡负责审查。②

1935 年 12 月，伦敦中国艺术国际展览会开幕，筹备委员会出版了展览图录《参加伦敦中国艺术国际展览会出品图说》4 册。唐兰配合铜器展览写成《参加伦敦中国艺术国际展览会铜器说明》③。这次伦敦艺展是中国文物的第一次远征，而年轻的唐兰第一次参加博物馆展览工作，就是在马衡等先生带领下参与如此意义非凡的工作并被委以重任，这对唐先生来说是一次重要的业务锻炼，为他日后在管理故宫博物院的展览陈列工作上积累了宝贵经验。

三

1937 年，七七事变爆发，马衡作为院长指挥故宫文物从南京库房开始西迁，唐兰也辗转到昆明西南联大进行教学工作。两位先生虽然分隔两地，但他们却在不同的战线为民族文脉存续做着艰苦卓绝、积极不懈的努力。这一时期，两位先生也多有书信往来。2016 年，上海泓盛春拍"慧闻室、无邪堂——信札书画专场"

① 故宫博物院档案：展览类。
② 《参加伦敦艺展古物定下月中旬先行展览》，载《申报》1935 年 2 月 22 日第 10 版。
③ 故宫博物院编，唐兰著：《唐兰先生金文论集》，第 385—396 页。

187

上拍了一封唐兰写给马衡的信函。这封信的内容是唐兰对马衡寄来的若干件新出土铜器铭文做的考释和研究，该信函信封上有钢笔后写的"抗战时期唐兰致马衡函""民国十年"等字样。这个时间显然是不对的。信中提到的梁其钟、伯梁其盨、善夫梁其簋等器物为1940年2月在陕西扶风县法门镇任家村一座西周铜器窖藏出土，在抗战时期就已经流散，所以推测这封信的写作时间大概也就是1940年或者1941年。

另外，1941年4月1日，马衡曾致信常任侠，信中说：

> 昨得唐立庵兄昆明来函，谓近撰《战国铜器铭文研究》一书已搜得材料四五百种，但断戈残剑之刻文，一般人所不甚重视者，较难搜集，同好中及中大史系如有此等材料而为兄所知者，尚希广为介绍，毋任感谢。①

纵观这两封信，我们可以看到在时局动荡、薪桂米珠的时候，两位先生还能保持学术上的交流，尤其是马衡在受托之后，还能将唐先生所托之事又托于旁人，这既是深厚的同道之谊，又可见马衡作为师长对唐兰在学术研究上的尽力帮助与提携。

抗战胜利后，1947年1月4日，故宫博物院第六届理事会在平理事举行了一次谈话会，马衡院长报告并主持讨论。理事会讨论认为故宫博物院专门委员有重新聘请的必要，拟定了故宫博物院各馆处开列的专门委员人选名单并呈各理事征求意见，最后确

---

① 沈宁编：《冰庐锦笺——常任侠珍藏友朋书信选》，北京：国家图书馆出版社，2008年，第254—255页。

定聘请专门委员 42 人，每人皆附注专长。[①]唐兰以铜器专长继续担任专门委员。

在抗战胜利到新中国成立这一时期，是故宫博物院购藏文物的高峰。郑欣淼院长说："故宫博物院此时还陆续接管和收购了一批散失在外的故宫旧有文物和物品，接收了不少私人收藏家捐献的文物，其中不少是具有极大艺术价值和历史价值的珍品。"[②]在这些文物中，凡遇金石、文献类文物，马衡多委托唐兰参与办理。

两人合作最重要的一次文物征集，就是唐写本《王仁昫刊谬补缺切韵》的购藏。《切韵》是中国可见的最早的一本韵书，被称作"韵书之首"，是隋人陆法言所编。现在其原貌已经无法知晓，其最古的版本有三：一是 20 世纪 20 年代敦煌出土的唐代抄本残卷；二是清宫旧藏，现藏台北故宫博物院的《裴务齐刊谬补缺切韵》；三是 1947 年购藏故宫博物院的清宫旧藏旋风装《王仁昫刊谬补缺切韵》。马衡、唐兰二位先生与这三部《切韵》都有着很深的渊源。马衡在 20 年代，多次与王国维往来书信，讨论敦煌本《切韵》问题，并于 1921 年影印出版《唐写本切韵残卷》。唐兰则在 1924 年遵罗振玉命，按原行款摹写过《裴务齐刊谬补缺切韵》，并作跋语。可以说两人对《切韵》都非常熟悉，且有着深刻的研究。

1947 年，《王仁昫刊谬补缺切韵》现世，经唐兰动议，于省

---

① 郑欣淼：《故宫博物院学术史的一条线索——以民国时期专门委员会为中心的考察》，载《故宫博物院院刊》2015 年第 4 期，第 22 页。

② 郑欣淼：《厥功甚伟 其德永馨——纪念马衡先生逝世五十周年》，故宫博物院编：《马衡捐献卷》，北京：紫禁城出版社，2005 年，第 11 页。

吾积极操作，并最终由马衡定夺，这一珍贵的国宝得以回归故宫博物院收藏。《切韵》入藏故宫后，马衡主持影印了该书，唐兰在跋语中详细说明了这部书的版本及收购情况：

> 战胜之第三年，溥仪窃挟东去之国宝，于兵燹之余，渐有由估人搜购，流归故都者。一日，友人于思泊先生告余得见吴彩鸾书《唐韵》，约余同观，展卷则赫然宋濂跋本《王仁昫刊谬补缺切韵》之全帙也。惊喜过于所望。余于二十三年前曾为上虞罗氏手写故宫所藏项子京跋本《王仁昫刊谬补缺切韵》影印行世，《十韵汇编》收录，所谓"王二"者是也。其后刘半农先生自法国抄回敦煌本《王韵》，刻于《敦煌掇琐》中，即《汇编》所谓"王一"者。两本各有残缺，又颇殊异，魏建功先生疑项跋本是裴务齐所改作也。……孰意北定中原，得归故庐，流离颠沛之余，竟得睹此环宝哉。时厂肆索值至昂，余仅得匆匆录一韵目而已。逾月，马叔平先生自京师归来，亟以收购为请，乃得复归于故宫博物院，与项跋本同为写本书之极观，促成其事者，思泊力也。叔平先生颇思手写一通付印，余亦私发此愿，人事倥偬，终不易举。①

此部书的发现，有着非常重要的意义，相对"王一""王二"两个版本，《王仁昫刊谬补缺切韵》被称为"王三"本。而"王三"本在《切韵》系书中，底本较接近陆法言原书，而整体面貌时代又相对靠后，是经王仁昫刊补的一系非常重要的《切韵》传书，

---

① 北平故宫博物院：《唐写本王仁昫刊谬补缺切韵》，北京：彩华印书局承印，1947年。

"王三"写卷也是迄今所见最完整的《切韵》系韵书写卷，成为学界研究的重要材料。而且，"王三"本是目前所见唯一一件旋风装实物，为这种古代装帧形式的孤证，可称海内孤品，极其珍贵。更为重要的是，"王三"本的购藏是收购清宫散佚文物的重要实例，是完整保护清宫收藏序列的重要之举。

这一时期，唐兰作为专门委员的工作则与之前不同，并不仅仅限于金石等文物鉴定、收购等方面。一些展览或是其他的问题，马衡也多与唐兰商谈。《马衡日记》[①]中记载：

> 1948 年 12 月 23 日　立庵、寿萱先后来院谈保全文物事。（13 页）
>
> 1949 年 1 月 31 日　阴历新年第一日。到院，寿萱、文中、立庵、有三、静庵来商博物、图书等馆新方案。（41 页）
>
> 1949 年 2 月 7 日　院门悬宫灯，今年首次开放。金静盦、唐立庵、王有三、韩寿萱来会，修正所拟方案，定十三日二时在北平图书馆开博物馆图书馆两协会联席会议。（45 页）

四

1949 年 1 月，北平和平解放。3 月，故宫博物院被接管，马衡留任院长，全体工作人员均留原工作岗位。唐兰从 30 年代开

---

① 马衡：《马衡日记（1948—1955）》，北京：生活·读书·新知三联书店，2018 年。后文《马衡日记》借用此版本，不再出注。

始，其本职工作是北京大学中文系教授，作为故宫博物院专门委员只是兼职。北平解放后，专门委员会因时局的变化而逐渐转型，唐兰与故宫间的关系变得比较模糊。1949年，徐森玉动议唐兰脱离北大，就任故宫古物馆馆长，《马衡日记》记载：

> 1949年9月19日 ……归寓后森玉来，言顷与唐立庵、谢刚主在东安市场劝立庵脱离北大，就古物馆长，立庵已同意。彼不日仍返沪，云云，使余无从置喙。（140页）

此事后来虽有推动，但终没有成行。1950年8月，唐兰兼任故宫博物院设计员，参与院内的展览设计工作。这一阶段，马衡依然对唐兰非常信任，经常就展览陈列的问题与其讨论，《马衡日记》记载：

> 1951年3月26日 冒雨赴古物馆与万里、立庵等谈陈列计划，又至武英殿看陶瓷馆之新布置。（339页）
>
> 1951年10月11日 约唐立庵来谈古代馆计划。立庵大发牢骚，提出种种困难，因电约王天木明晨来会商。（397页）
>
> 1951年10月12日 九时立庵来，王天木、沈洪江亦来，因与畅安会商。立庵初持前议. 谓保和殿陈列柜不适用，不能配合其计划，经再三解释，计划须视客观条件而制定，此柜如不置于保和殿，其他各殿更不能容，至十二时始勉强接受。（398页）

也许正是因为兼职的原因，作为北大中文系教授并兼系代理主任的唐兰，却只在北大只拿到一半薪酬。①1952年，北京大学院系调整，唐兰则奉调正式到故宫博物院工作，而北大教授的身份则成了兼职。

就在唐兰正式调入故宫的同一年，马衡却卸任故宫博物院院长，但他依然惦记着故宫的诸多事务，又因当时的境遇，内心颇感寂寞，而朋友，尤其是志同道合的朋友间的来往，能为暮年的马衡带去一些慰藉。唐兰此时便经常和马衡相谈或相约出行，如：

1952年8月4日　唐立庵、张宛峰来商考古训练班教课大纲。（492页）

1952年8月21日　约立庵参观北大研究所石刻。（496页）

1952年10月27日　立庵来谈陈列计划，因及石鼓，谓石鼓时代后于秦公毁，当在灵公时，以四字不作三，乃始于战国之初。余劝其将旧文抄送郭沫若、马夷初等有关人士，请其准备意见，以便开会讨论。（513页）

1952年12月22日　立庵来会见访，谈布置殷代馆事。（528页）

1953年7月3日　赴神武门楼听唐立庵讲"中国青铜器文化"。前三节讲毕已六时半矣。（580页）

1955年，马衡先生与世长辞。他倾其一生，为故宫博物院、

---

① 马衡：《马衡日记（1948—1955）》，第138页。

为中国文物保护事业做出了极大贡献，正如郭沫若所说："凡德业之以盖人者，人不能忘之。马先生虽颇自谦，然其所成就，已应归于不朽。"[1]

马衡、唐兰二位先生所处的年代，以经学为主的传统学术已经崩溃，社会风气将国家的落后归咎于学术的落后，以至不少国人推崇全面西化、摒弃国故。而马衡、唐兰坚守自己的学术方向，将传统学科结合科学的方法加以研究，郭沫若评价说："马衡先生是中国近代考古学的前驱，他继承了清代乾嘉学派的朴学传统而又锐意采用科学的方法，使中国金石博古之学趋于近代化。"[2] 而唐兰则将古文字学从传统金石学剥离出来，独创科学的研究方法，"奠定了现代意义的文字学的基础，同时也使古文字的研究开始走上科学的道路"。[3]

马衡、唐兰二位先生的研究理念和方向，都是在打破前人的桎梏，探索传统学科走向近代化、科学化的新途径。从学科性质来说，中国考古学、古文字学都脱胎于传统金石学。两位先生的研究领域有着承前启后的关系。夸张些讲，马、唐二位先生在学术上的交往甚至可以看作是中国传统学术向现代科学转变过程的一个缩影。

已故的张忠培院长对我说，故宫只有两个专家，一是马衡，一是唐兰。当然这有一定的夸张。但是以旧学的标准衡量，确实很难有人能与二位先生媲美。马衡院长已经离开我们六十余年

---

[1] 郭沫若：《凡将斋金石丛稿·序》，马衡：《凡将斋金石丛稿》，第1—3页。

[2] 同上。

[3] 裘锡圭、沈培：《二十世纪的汉语文字学》，刘坚主编：《二十世纪的中国语言学》，北京：北京大学出版社，1998年，第94页。

了，唐兰先生去世也已经四十年，但两位先生作为故宫博物院的老一辈专家学者和领导者，在不同历史时期为院内各项工作都奠定了坚实的基础，为当今故宫博物院文博事业发展提供了宝贵的经验与财富。追思与缅怀老一辈故宫人的风范，学习和研究老一辈故宫人的治学之道，始终是故宫博物院院史研究中的重要课题。

（原载于《故宫学刊》2020 年第 1 期）

忆父亲唐兰

唐复年 [1]（故宫博物院）

　　父亲离开我们已经六年多了，忆及往昔，他老人家的音容笑貌宛在眼前。父亲致力于中国文字学和历史学，而在他所度过的一生中，百分之六十的年月与文博事业息息相关，对祖国的文博事业以及故宫博物院的业务建设亦做出了相当的贡献。

　　1933 年，父亲方年过 30 岁，即受聘为故宫博物院金石鉴定的专门委员，自此开始与故宫结下了不解之缘，直到 1979 年逝世。这当中，虽经历了抗日战争的大变乱，他与文博事业的关系亦未隔断。1947 年 2 月，他重被聘为专门委员。1952 年，全国高等院校调整时，父亲正式调至故宫博物院，先后任设计员、研究员、学术委员会主任、陈列部主任、美术史部主任、副院长等职。父亲初来故宫时，由于刚刚离开比较熟悉的大学讲坛，转做以陈列为重点的工作，尽管工作性质全然不同，困难较多，他还是积极地投入了历代艺术综合陈列各馆的筹备与建立工作，亲自挑选文物，编制文字说明，经过一段时间的实践，很快熟悉了陈列业务并掌握了主动权。1956 年，他成功地组织了"五省市出土文物展览"，指导工作人员编制展览图录，并亲自撰写了前言。1959 年，故宫博物院将原设于东六宫的历代艺术综合陈列馆与"三大殿"里的古代艺术陈列合并为历代艺术馆，移置于紫禁城的中心部位——保和殿及东西两

---

① 唐复年，唐兰次子，故宫博物院研究员。唐兰逝世之后，复年致力于整理和出版其先父的遗著《西周青铜器铭文分代史征》和《殷虚文字综述》，使两部巨著得以面世，成绩斐然。复年在 20 世纪 80 年代中叶，曾来嘉兴寻访其先父之萍踪，拜访过朱瘦竹、庄一拂等前辈。复年有撰写唐兰传记的意愿，我认为，他是唐兰传记的最佳撰写者。复年后因患病丧失了工作和写作的能力，这一意愿未能实现，殊为可惜，深以为憾也。

庑。这次，他又亲自撰写了陈列大纲和总说明。历代艺术馆的陈列形象地体现了我国古代艺术的发展史。虽然由于当时国内美术史的研究还很薄弱，展览陈列没有什么现成的理论可以依据，加以展品的量与质不足，并受到其他一些条件的限制，但展览还是反映了各个时期艺术的特点与发展水平，展出后效果较好。1961 年，他在陈列总结中指出："在过去……陈列时往往没有提纲，等陈列完成后，才就已定的形式加上一些说明，所以说明内容大都是表面的、客观的叙述和空洞的赞美。这次陈列一反过去的做法，首先在主题、分题上努力，并在说明文字里提出了我们的看法，力求贯彻马列主义与毛泽东思想，运用历史唯物主义与辩证唯物主义，对我国古代艺术历史发展中的具体问题，进行了较细致的分析。"历代艺术馆的筹建组成，使故宫博物院的陈列工作趋于正轨，为以后的陈列工作创出了一条新路。父亲十分热爱祖国的文化遗产，1925 年曾将清宫旧藏的《吴彩鸾写唐韵》先手抄再影印，1947 年又在琉璃厂古玩商处发现《唐写本王仁昫刊谬补阙切韵》一书，遂向当时的马叔平院长建议，由故宫博物院收购这一稀世珍宝。父亲去故宫博物院任职后，又先后组织人从琉璃厂和外地收购了大批文物，其中有安徽寿县出土的莲鹤方壶等珍品。

父亲三四十年代受聘于故宫博物院，作为金石鉴定的专门委员，但对院藏文物进行全面鉴定则是 1952 年以后的事。他任职学术委员会主任时，即邀请文物局及社会上的著名专家、学者，组织了院藏青铜器、书画的鉴定和分级工作。同期，他还责成院图书馆对藏书进行了分类清理工作。

父亲长期负责故宫博物院的业务工作，平素责任感很强，十分关心各项业务建设，并将绝大部分精力都花费在这方面，50 年代曾积极组织各种专业的学术报告会，广邀院外的专家、学者来院讲学或兼任顾问，以提高专业人员的素质。父亲非常重视科学研究工作，认为这项工作是博物馆的主要职能之一，展览陈列必须以科学研究作为基础。为此，他曾向吴仲超院长建议，在业务部内设立各专业组，以利于广泛地开展专业性的学术研究。50年代后期，他在院内组织了一批专业水平较高的学术论文，创办了《故宫博物院院刊》，他亲自审查来稿，院刊出版后受到学术界的好评。

长期以来，父亲积极从事学术研究，1966年以前的10多年间，共写出各种文章四五十篇，其中较重要的有：《中国古代历史上的年代问题》，根据最古的记载驳倒刘歆的错误论断，推测周武王伐纣在公元前1075年，结合五省市出土文物展览，撰写了《宜侯矢簋考释》。对于现藏院内的10枚石鼓做了深入的研究，写成《石鼓年代考》，从目前所能见到的各种拓本的真伪、流传经过，对石鼓文的体例、内容、次序，及其在文学史、文字发展史、书法艺术史上的价值和地位等各方面做了详细的考证与分析，从而确定了石鼓的年代。这一论断的发表，在学术界引起了很大的反响。《中国古代社会使用青铜农具的初步研究》是根据故宫博物院和其他博物馆的实物以及文献资料写成的，论证了商周时代是使用青铜制造农具的，而且青铜时代一开始就应有青铜农具，比商代还要早得多。这一观点的提出不仅否定了一些传统的错误观念，且对于进一步探讨我国青铜器的起源与发展以及商周时代的社会性质都具有非常重要的意义。《西周铜器断代中的"康宫"问题》提出了新的观点。自从30年代郭沫若先生《两周金文辞大系》问世以来，对于西周青铜器的断代，学术界多宗其说，50年代陈梦家先生《西周青铜器断代》一书，亦只是对郭说做了些调整与补充。父亲在这篇文章中，结合故宫博物院青铜器馆、历代艺术馆的陈列，对于研究西周铜器断代问题（特别是早期）树立了一个新的标尺。他旁征博引，论证了"康宫"是康王的宗庙，从而把一大批过去定为成王时代的铜器下推至昭、穆王时代，如作册矢令方彝（方尊）、作册矢令簋、班簋等。这一新的观点受到了学术界的普遍重视，虽然至今仍有不同看法，但其影响却是不可否认的。

父亲早在 30 年代即以古文字学方面的研究而成名，但他虚怀若谷，并无狭隘、保守习气，对于自己不擅长的方面总是虚心地向别人学习。父亲不是研制美术史的，为了提高展览的陈列水平，曾亲自率领有关业务人员到中央美术学院去听著名的美术史专家王逊先生讲课，而且自始至终，从不无故缺席。为了学术研究的需要，父亲早年曾自学英语、日语和世界语。50 年代初期（时已年逾 50 岁），又开始自学俄语，他不畏艰难，日夜攻读，甚至连走路、坐车的点滴时间都不肯放过，仅用了一年多的时间，就初步掌握了这一门外语。他在学术研究上更是不断开拓进取，勇于创新，努力把文字学与考古学、历史学结合起来，以耄耋之年，提出了大汶口文化已进入了文明社会的新论点，将中华民族的文明时代上推了一两千年，引起了国内外学术界的注意和重视。

十年动乱中，父亲未发表的文稿（200 余万字）被抄走毁失，他老人家生前表示：稿虽失，人还在，还可以重写，定要把被林彪、"四人帮"干扰破坏所浪费了的时间补回来。从此，他夜以继日地加紧把一生的研究成果撰写成书，不幸因病与世长辞，未能完成《西周青铜器铭文分代史征》和《殷虚文字综述》两部巨著。

（原载于《故宫博物院院刊》1985 年 8 月第 3 期）

后　记

一

我年轻时醉心于阅读古今中外的名人传记，尤对法国著名作家罗曼·罗兰的《名人传》情有独钟。他笔下的贝多芬、米开朗琪罗、托尔斯泰，都被他称为英雄。他所称的英雄并不是走遍天下无敌手，到处行侠仗义的豪杰，也不是功盖千秋的大伟人，甚至不一定是个胜利者。但他们具有一种内在的强大生命力，使他们在任何逆境中都不放弃奋斗。他们饱经沧桑，历尽艰辛，却始终牢牢地把握着自己的命运，以顽强的意志去战胜一切困难，竭尽努力使自己成为无愧于"人"的称号的人。这部《名人传》不是单纯地为名人立传，而是提炼传主的人格魅力，尤以对传主的顽强生命力的崇拜而受世人的推崇。

名人的人格魅力是优秀传记作品的亮点。受到优秀的名人传记的影响，我在中年时曾利用业余时间从事纪实文学的创作，采访了几位在改革开放初期涌现出来的民营企业家，并撰写了他们的创业史。如今回顾那时发表的作品，显然是十分的肤浅和稚嫩，存在着只叙述创业过程，未能挖掘创业者人格魅力的缺点。

之后，我在市档案部门专职从事嘉兴人文史料和嘉兴名人文化的编撰和研究工作，又在市侨务部门主编《嘉兴海外英才》

及《嘉兴侨商》，编撰介绍我市在海内外颇有名望的侨界英才的文章。

多年以来，我的灵魂受到了名人文化的洗礼，认识到向往崇高、追求正义的人们需要名人文化的熏陶，我们应当"打开窗子吧……让我们呼吸英雄的气息"（罗曼·罗兰《名人传》卷首语）。

是的，让最优秀的人物与我们同在，让我们共同感受这些最优秀人物的人格魅力，从而使人不论地位高低、年龄大小、收入多少、贫穷富有，都能努力地去实现其自身的价值。

衡量自身价值的标准便在于如何大力践行、弘扬和传承社会主义核心价值观，在于他对社会、对工作、对家庭的责任心和创造心。唐兰先生是具有这种责任心和创造心的人，他是我心目中的英雄。

十多年来，我潜心于为唐先生立传，就是为了让"人类最优秀的人物与你们同在，从他们的勇气中汲取营养"（罗曼·罗兰《名人传》卷首语），于是，便有了这部《独上高楼——唐兰新传》（以下简称《新传》）。

二

2019 年，为纪念甲骨文发现和研究 120 周年，中国国家博物馆举办"证古泽今——甲骨文文化展"，近 190 件珍贵文物亮相国博。展览讲述甲骨发现与发掘的惊世过往，重温甲骨文背后的商周文明，致敬相关学者们的卓越成就。

在这次国家级大型专题展览会上，人们可以看到，甲骨文自1899 年发现迄今，问学甲骨文的中外学者数以千计。从最早的罗振玉（雪堂）、董作宾（彦堂）、王国维（观堂）、郭沫若（鼎堂）——史称"甲骨四堂"，再到唐兰、于省吾、陈梦家、胡厚宣——"甲骨四老"，他们考释文字，研究历史，探讨文化，研究成果浩如星辰，蔚为大观，涵养、滋润着当代社会。

这是我国国家博物馆首次举办以甲骨文为内容的文化展，也是国家博物馆馆藏甲骨第一次大规模展示，同时也是向包括唐先生在内的做出卓越成就的几位甲骨文研究前辈学者的致敬。

2019年11月1日，北京人民大会堂召开纪念甲骨文发现和研究120周年的座谈会，会上宣读了习近平总书记的贺信。习近平总书记在信中祝贺甲骨文发现和研究120周年，强调坚定文化自信，促进文明交流互鉴。他向长期致力于传承、弘扬甲骨文等优秀传统文化的专家学者们表示热烈的祝贺，并致以诚挚的问候。

习近平总书记的祝贺、问候，国家级的展览、活动和会议，这些特殊的荣耀和礼遇，若唐兰先生在泉下有知，定会感到莫大的欣慰。

在甲骨文发现和研究的这120年间，前有"四堂"，后有"四老"等，前辈学人在中国古文字学领域不辞辛劳地证古泽今，建立了不朽功勋，希望唐兰先生毕生从事的事业后继有人。

三

为纪念唐兰先生诞辰120周年，我怀着对这位证古泽今的国学大师的敬意，重新修撰他的传记，是为《新传》，以传承弘扬他的精神和学识，激励后人。

　　唐兰先生一生著作颇丰，写下了数百万言的学术文章，堪称文山字海，我们却很难从中寻觅到有关他自己生平足迹的文字，只在他的长篇自序中稍有涉及，给晚辈学人为他书写传记、年谱增添了难度。我只能凭其亲戚回忆并地方史料，对其早年足迹进行"大胆假设"，"小心求证"，甚为艰辛。

　　唐兰先生在其《孔子传》中写道："我要想做一篇《孔子传》的志愿，是起了很久很久的了，但总不敢动手。虽然说孔子也只是一个人，并不比我们多生了一个头，或是一个心，但我每望着他底崇高的人格，总觉得自己是太卑小了，简直是不配替他作传。"①

　　这番话写出了我此刻正在为唐兰作传时的心声，"总觉得自己是太卑小了，简直是不配替他做传"。可是，自2005年起，十多年来我一直执着地在做着同一件事：为唐先生作传。

　　十多年前，我对唐先生几乎一无所知，却"无知者无畏"，敢于接受市政协交给的撰写唐先生传记的任务，只是因为我与唐先生侄儿唐巽年君是相交相知数十年的挚友。

　　从20世纪70年代初，我从部队复员回嘉兴后，常在秀水兜唐家品茗聊天，消磨业余时光。那时，两三位年轻朋友，嗑着瓜子，剥着花生，坐在堂屋里，听巽年及他母亲庐云阿姨讲塘湾街、秀水兜及唐家的老故事，是一件很愉快的事。

　　这是在为我数十年后应约撰写《唐兰传》预做功课？世上竟有如此"事之巧偶"的事。

　　我在2005年夏斗胆撰写唐先生传记时，获巽年君帮助良多，

① 唐兰：《孔子传》，《唐兰全集1：论文集上编一（1923—1934）》，第116页。

他除提供史料外还帮我抄写书稿。（那时，我还不能操作运用电脑写稿。）

嘉兴市政协主编的《嘉兴文杰》共上下两大册。这套有着茅盾、巴金、丰子恺等12位嘉兴籍文化名人传记的大书，被人评论除唐兰传记为原创作品，有开拓、创新、突破外，其余均是"炒冷饭"。①

初闻此言，我还有点沾沾自喜，想不到对唐先生一无所知的我，用三个月时间"急就章"，还能获得好评。然而，在十年后看到故宫博物院编的12册《唐兰全集》，对照之下，我觉得我写的东西浅薄，感到汗颜。

我现在着手重修唐先生传记，正如唐先生《孔子传》中所写，"我现在只希望能了解多少是多少，正像爬山一样，能多一步就多一步"。②这十多年来我尽力地"爬山"，力争爬得更高一些，虽然做不到如唐先生般的崇高，只希望能站得高些，看得远些，了解得更多些，写得更好些。"希望因此可以引出别人的几篇好文章来，就是我将来倘然能再多知道一些，也可以随时增改。"③

我常这样想，要拿我的眼光来正确议论唐先生一生的行事和他的学识、著作和思想的全貌，显然是力不从心的。无论是以前还是现在，我绝没办法清楚且确切地知道并且书写关于唐先生的一切。

---

① 详见"yoye 的家"：《嘉兴的名人研究，有点难》，2007 年 11 月 18 日。http://blog.sina.com.cn/s/blog_4e32ace701000aoa.html

② 唐兰：《孔子传》，《唐兰全集 1：论文集上编一（1923—1934）》，第 116 页。

③ 同上。

四

我在 2005 年底写成《唐兰》，被收进《嘉兴文杰》，2010 年，继《唐兰》之后，出版单行本《故宫学者唐兰传》，如今又在重修《唐兰新传》。十多年来，我"独上高楼"，不图名利、坚持不懈地努力编修一位文化名人、国学大师的传记，究竟是为了什么？

我想用唐兰先生从一位生长在社会底层、弱势群体经过努力发奋、自立自强而成为国学大师的人生经历，激励那些能看到这本书的年轻学子，希望他们在成长的过程中，因读了这本书而得到启发，有所感悟，从此发奋图强，刻苦努力地去把握自己的命运，有朝一日终于事（学）业有成，成为国家栋梁、社会精英，为国为民做出大的贡献。

正如左宗棠所言，"身无半亩，心忧天下，读破万卷，神交古人"；也恰如《三字经》的经典名言，"人遗子，金满赢，我教子，惟一经"耳。这是一本难念的"经"，既无吸人眼球的美女帅哥，又无动人心魄的谈情说爱，更无感人肺腑的悲欢离合。但这本看似枯燥无味、难以吸人眼球的"经"，却是一本喜欢和钻研此种"学问"的学人必读的"经"。

喜欢和钻研此种"学问"的学人群体便是高校文学院（中文系、考古系）的学生和从事文博、考古、史学行业的年轻学人。对这个群体而言，《全集》当然是首选。但《全集》价格昂贵，不易普及，而这本《新传》可以做"培训手册"，为年轻学人入门之用。

我国众多的综合性大学在中文、考古、历史、美学等专业领域优势显著，理应积极承担相应的责任，调动多学科力量助力这些专业领域人才的培养和储备。而唐兰先生的学术成就、治学风格、人格魅力，对这些专业领域的年轻学人必然具有巨大的影响力。

我的这部《新传》希望能成为年轻学人的"培训手册"，成为进入唐兰先生毕生从事的中国文字学等专业领域吸取营养的"索引"或"指南"，果真如此，吾愿足矣！

五

本书系为纪念甲骨文发现暨唐兰先生诞生 120 周年而作。

自 2019 年春节起动笔，历经三度春秋，跨越四个春节，从征求意见书稿、申报用书稿至送审书稿，写而复改，改而再写，不断充实，逐步提高，数易其稿，从今年 3 月 21 日起按浙江大学出版社本书责编老师初审修订版再次修改、校核，至 30 日始克写定。

在书稿征求意见期间，请胡睿娟、唐彦君两位才女协助，用我的微信公众号分章节共 12 次发布本书征求意见初稿，历时两月有余。她们付出了许多艰辛，特此致谢！

本书写作过程中，承蒙杨安先生在百忙之中大力协助搜集史料，提供资料，对本书的写作要求、章节体例、书稿校核、图片觅配等方面，耐心细致地做了许多能提升本书质量的工作。他堪称是本书的学术顾问、指导老师，谨向他致以衷心的感谢！

浙江大学中文系朱首献教授在为本书所作的序言中，对本书及笔者有颇多的赞许和首肯，读之令我汗颜，愧不敢当。衷心感谢朱教授的提掖之情！

在本书即将付梓之际，谨向浙江省作协致以崇高的敬意！由于省作协的推荐和专家评审团的厚爱，本书荣获浙江省委宣传部的浙江文化艺术发展基金项目的资助，始可在浙江大学出版社出版。谨向省委宣传部、专家评审团、浙大出版社的编审老师们致谢！

在本书征求意见和申报过程中承蒙嘉兴市政协文史委、市文化局、市作协、市司法局、市档案馆等部门领导和好友的关注、指导和协助，承蒙在杭州的诸位亲朋好友的关怀、照顾和帮助，在此一并致以衷心的感谢！

最后，我要再次重申唐兰先生之学博而精，他的学问无涯岸之可望，无辙迹之可寻，我这个"跳出三界外，不在五行中"的退休老人完全是抱着从头学起的敬仰态度写作此书的，虽恪尽全力，但终因才疏学浅，书中不足、不当之处在所难免，敬请文学界、社会科学界、读者诸君不吝赐教、指正。

嘉兴学人　鲍志华

2022 年 8 月